palmbooks

たんぱく質

飴屋法水

たんぱく質

どうしてもわからない

鳥の餌のこと、そう、ヒエとかアワとかのこと
だって鳥かごの鳥はそればっかり食べて、飽きもせずに毎日毎日、ヒエだのアワだ
の、あんなものばっかり食べて、水を飲む

鳥の体が、鳥の体のあちこちが、ヒエとかアワとか、あんな乾いた植物の種だけで
できてるなんて

あ、違うか、小松菜とかサラダ菜とか、時々、野菜をあげる飼い主もいるか、それ
からカルシウムということで、カルボーンとか?

カルはカルシウムでボーンは骨か、確かにあれは骨にも見える
鳥かごの、あの檻というかケージの隙間に、白い、カサカサと乾いて、平べったい、
硬いスポンジみたいな、カルボーンという名前の、あれを刺す

あれはイカの背骨でいいのだったっけ？
背骨というか、イカの甲？

ん？　違うか、カルボーンは、お菓子の名前か
子供の成長に良いという、カルシウム入りの、つまりは人間の食べ物か
じゃあインコが齧る、今日もどこかで齧ってる、あれの名前は何だっけ？

いずれにせよ、私が話したかったのは主食のこと
小鳥たちが、毎日毎日、飽きもせずに食べている、食べ続けている
あのヒエとかアワとかのことなんです

2

無脊椎動物

タコに背骨はない
イカにはあるのかもしれないけれど、タコにはない
だってタコはぐにゃぐにゃしてて水槽の、飼育している水槽の、ほんの小さな隙間
からでも脱走する、脱走できる、私はされた

昔、関節を外して牢屋の格子を潜る脱獄の名人がいたと聞いたが、タコには関節どころか骨というものが一切なく、どんな隙間も潜り抜ける、それからタコは頭が良くて、餌を入れた瓶を渡せば器用に瓶の蓋をグルグル回し、開けることができるし、記憶力も相当なもので、覚えた方法を忘れない

タコの私がいうのだから間違いない

吾輩はタコである
ネコではない、漢字で書いたら蛸である
変な字だ、字はみんな変だけど

吾輩は蛸でした
この蛸は、かつて陸で、日本という国の街の路上で、警察の人から理不尽な扱いを受けました
私は今、それを思い出している

7

 告白と懺悔

嘘です
ズルをしました、この場を考慮して
考慮という言い訳がまたズルい、私は単に誤魔化しました
適当なことを書きました

こうしてこの場に何かを記したとしても、でもそれが事実かどうか、誰にもわからない、自分でも、自分ですら、本当のことがわからない、わかっていないのかもしれない、その可能性は大いにある、しかし、それとこれとはまた別のこと

私は今、確かに嘘をつきました

本当は盗んだんです
盗みました
そうです盗んだんです、勝手に乗りました、他人の自転車に

お酒を飲みました、帰り道でした、駅前でした
ロータリーの壁際に放置してあった自転車を物色し、鍵がかかってない1台を見つけると、私はそれにまたがりました、歩いて帰ることを、サボりたかったのだと思います、家の近くで乗り捨ててしまえばいいと思ったのだと思います、立派に窃盗ですよね、でも所有する気はなかったんです、ちょっと借りただけ、出来心、魔が差したんです、若気の至り、そんなこんなの言い訳を、用意してるぶんさらにズルい、それに私は、これまで何度も自転車の盗難にあってきたんです、戻って来たことなどありません、やられたらやり返せ、自転車は天下のまわり物、そんな気持ちになってもしかたないじゃありませんか

それが当時の私の本音だったのだろう、だからそういう行動をした、鍵のかかっていなかった他人の自転車をひきよせ、ハンドルに手をかけた、サドルにまたがり、フラリとペダルを漕ぎ出した、その瞬間

ちょっと止まってー
声がした、振り返ると制服の警察官がいた

それ、君の自転車かな？
防犯登録、調べさせてもらっていいかな？
街灯の光が白い、水銀灯か、蛍光灯か、帽子の陰で顔は良くみえない

君、名前と住所は？
これって本当に君の自転車なの？
声は若い、私とさして年齢は変わらないか、20代か、彼はいったい、いつからそこで、何時間その場に忍んで、自転車置き場を見てたのだろう

違うんなら正直に言ってくれる？
今、正直に言えばさあ、始末書だけで済ませるから

TVドラマでよく見るあれだ、自首すれば罪が軽くなるという、そろそろ終電を過ぎた頃だった、帰路を急ぐ通行人が横目で見ていく、何匹もの蛾が飛びながら、街灯のガラスに体ごとぶつかっていく音がする、虫に痛覚はないのだろうか？

違います

促されるままに私は言った、私は少しは正直だった、とはいえ立派に犯罪だった、私はそのままパトカーに乗せられ、交番ではない、管轄の大きな警察署に連行された、初犯ということで窃盗の前科にはしないという、しかし調書が作られた、おそ

らく犯罪予備軍ということなのだろう、これから両手の指紋を採るという

え、始末書だけって
いつの間にか、若い警察官の姿は消えていた

40年くらい前の話だ
時効にしてほしい

5 路上で

私はそれまでも何度となく、いわゆる職質をされてきた
職質とはいったい何の略なのか？ 職業質問か？ そんな言葉は聞いたことがない
なんの略かも知らないまま、私は職質という言葉を使ってきた

職務か？
なるほど職務質問か、そんな気もしてきたが、職務質問と言い替えてみても、私にはやっぱりわからない、職務とはいったい何の職務だ、私の職務を問われているのか？ それとも警察にとっての職務だろうか？

こんなこともわからぬまま、私はもう60を過ぎている
還暦だ、還暦を過ぎた私がこれを書いている

少なくなっている
私は少なくなっている

何が少ないのだろう、わからない、ただ少ないという感覚が、いつの間にか、私のこの体が起こす、暑いだの寒いだの、お腹が空いただの、疲れただの眠いだの、そのような体の感覚の中に、気づくと混じり込んでいる、体がそう言っている、なにかおかしいと、これは生き物としておかしいですと、とっくに体は止まっているはずなのに、なぜか生きている、人だから、人が作り出した時間の中を、体がまだ生きている、歩いている、これはきっと、なにかのバグのような時間だろうと、体はそう言ってくる

それを頭が翻訳する
まあ、そんなこんなも、もうすぐです

そろそろです
感じますよね、日々のいちいちに

動物は、死を予感したりするのだろうか？
死という概念と、並走しながら生きたりするのだろうか？
人のように
ずいぶんと、少なくなった私のように

6
鏡

45歳になった
娘が生まれた

その時からだ、職質される機会がいきなり減った、というか皆無になった、これは
どうしたことだろう？ 晴れて社会の一員と、ようやく看做されたということか、
ああこれか、これがあれか、生産性に寄与するというやつか、しかしベビーカーを
押しているのならまだわかる、そうではない、一人でフラフラ歩いていても、突然、
職質されなくなったのだ

別人なのか？ いつのまにか、私はもう同じではないのか人として、雰囲気か？ 雰囲気みたいなものが違うのか、この身についた、纏わりついた、立ち振舞いのニュアンスのようなものが違うのか、うっかり無灯火の自転車で走っていても、はーい、自転車点灯してくださーい、とパトカーの中からマイクで声をかけられはするが、どこか優しく扱われている

見た目か？ 単に頭髪の問題か？ 白髪が増えただけで年功序列か？ 確かに声をかけてくる警察官たちは、もはや概ね年下に見える

鏡を見る
私の顔は変わっただろうか？
これは父親の顔なのか、これが父親の顔なのか

鏡を見てもわからない

それでも一度だけ、娘と散歩している途中に職質されたことがある

深夜だった、明け方だった
散歩の途中に眠くなった私は、歩道に面したビルとビルの隙間のコンクリートの上
に寝転んでいた、初夏だったと記憶する、コンクリートはひんやりとして気持ちが
良かった、私はよくそういうことをした

隣で娘も寝転んでいた、目を閉じているように私には見えた、私も目を閉じた、私
はそのまま眠ってしまった、今にして思えば、娘は眠っていなかったかもしれない、
眠ってしまった私に途方にくれて、私が起き上がって歩き出すのを、その場でじっ
と待っていたのかもしれない、曖昧さは、すべて許されていた
声がした

すいませーん
目を開けた

頭の上に、制服の警察官の姿が見える
私の顔を見下ろしている
すいませーん、もしもーし、起きてくださーい

起きたよ

囲まれていた、数名の警察官たちが輪になって
私たち二人を囲んでいる

失礼ですが、あなたのお子さんですか？

後方で、レシーバーで何処かに連絡する別の声がする、今は午前2時か3時か、丑三つ時と呼ばれる時間だった、そんな時間に、いつもそんな時間に、娘と私は散歩に出た、その日の夜もそうだった、これを書いているこの今も、午前2時をすぎたところで、起きて隣の部屋で絵を描いている娘に、私は声をかけたばかりだった、もう少ししたら散歩に出ようね、娘は机に向かったままで、うん、と私に返事をした、娘も私も、そのくらい夜ふかしだった、今も、あの頃も

失礼ですが、あなたのお子さんですか？

そんな時間に、丑三つ時に、路上というか、ビルの隙間のコンクリートに寝転んで

いる小学生にも満たなそうな女の子、その隣の長髪の白髪男、それを仲の良い親子だと片付けることが、難しかったのだろう彼らには、それにしてもだ、ここまで人数を集める事態なのか？

私は父親です
こっちは娘です
二人で散歩してただけなんです

それを証明するものはありますか？ 8

こんな時間にですか？

一人がそう言った、なるほど時間の問題か、昼間なら親子に見えるとでも言いたいのだろうか、昼間に親子だったものは、夜になっても親子だろうが、親子の証明と言われても、カルガモの親子を見たらカルガモの親子だとみんな無邪気に言うではないか、わかっている、私がカルガモではないことが問題なのだ、人であるからいけないのだ、そもそもカルガモ界には警察などいないだろう、代わりにカルガモをとって食う、何かの獣がいるだけだ、獣は証明など求めないだろう、食べれそうな

らそれでいいのだ、相手が証明する隙に獣は襲って食うだろう、しかし私は人間だ、わかっている、私は人間なので、隣にいる幼女が自分の娘であると、今、誰かに証明を求められている、誰にだろう？

誰にでもないのだろう、それはぼんやりとした社会というものなのだろう、時には世間であったりもするのだろう、人が作った、人にとって必要なものなのだろう、しかしここで、相手が神様でないのは何故だろうかと考える、それはきっと神様が、もうどこにも見当たらないからなのだろう、どこかにいなくなった神様の代わりに、人は社会を必要とするのだろう、世間でもいい、法でもいい

正体はよくわからない、はっきりとは見えない
ぼんやりとしたものが、私のことを見下ろしている
警察官の姿をしている

証明を試みる
まず私が常に身分証のようなものを携帯してたとして、それをここでこの場で見せたとして、即座に彼女が私の娘であると、証明することは可能だろうか？ それは例えばこういうことか、まず私は私の名前と住所を素直に伝え、身分証を見せ、私の身分を証明する、ちょっと待った、身分とはなんだ、いいご身分ですねというあれか？ 私の身分、それは職業のことなのか？ 自由業です、なんだその自由業というのは私を表す魔法の言葉か？ それでぼんやりたちは腑に落ちるのか？ まあいいそうだとして、私の現住所から住民票が確認される、そして住民票に記載されてい

る家族構成が確認されて

確かに娘さんが一人いますね、了解ですー
そのような方法か？

しかし、しかしだ、話が今、今というかこれから、すこぶる横道に逸れていく予感
がするのだが、実は、私は娘を認知していないのだった

今でもしていない
この先はわからない、来年にはするのかもしれない、しないのかもしれない
いつか必要を感じたらします、そう娘の母親に約束したまま、結局のところ未だに
それはなされていない、つまり彼女が私の娘であることを社会的に証明できる、そ
んな書面のようなものなど、なにひとつ存在してはいない

区役所では母子家庭ということになっている、母子と私の現住所は同じである、住
所の世帯主は私であり、私と母子の関係はなにかといえば、住民票の記載によれば、
同居人と書かれている

なるほど娘は、私の同居人だったのだ、私が認知手続きをしてないせいで
籍を入れていない以上、母親の方が、配偶者とクレジットされることはないとして
も、私が認知さえすれば、娘と私は、親子とクレジットはされるだろう

しかし私は彼女を認知できていない、未だにしていない、娘と認めていないわけではない、もちろん彼女は私の娘だ、私は単に役所に対して、区役所に対して認知届を提出できないでいるだけなのだ、このままだと生涯に渡り、私達は親子ではないことになるのだろうか？　社会的にはそうなるか

いずれにしても私がズルズル提出をさぼり続けているのは、住民票の同居人という記載、その言葉、それが私の腑に落ちてしまったからなのだと、そう思う

9
同居

同居しているから同居人、それが事実だから同居人、それ以上でも以下でもない、この身も蓋もないクレジットを、どこか喜んでいる私がここにいる

娘の母親は、いわゆる専業主婦的な存在ではない、彼女は彼女で働いている、つまり経済的には独立している、にもかかわらず、私の側の籍というもの、私が親から受け継いだのであろう、私の家系を表す戸籍、そこに彼女が入籍するという、その意味というか、必然を、私はどうしても持てないでいた

結局のところ私には、婚姻であるとか入籍であるとか、それがいったいどういうことなのか、とうとうわからなかったということだ

私たちはずっと同居している、その事実を私は少しも否定はしないし、たとえば隠し子というような、なにか虚偽のために認知をしないわけでもない、娘は当たり前に私の娘だ、娘として育ててきた、過ごしてきた

娘の母親との関係を、社会や世間が、事実婚、などと名指すのは構わない、しかしパートナーである彼女のことを、配偶者などとどこかに記したり、妻であるとか、家内であるとか、そのような言葉で私が名指してしまったら、それこそ私は、自分がなにか大きな虚偽の申告をしているように思うのだ、私の心がそう思うのだ

私にとって、彼女だけがパートナーなわけではない、私にパートナーは複数いる、それは生きている人の中にもいる、それは死んでしまった人の中にもいる、それぞれに、それぞれとの、かけがえのない関係があり、彼女とは、彼女とでなければ築けない、固有のパートナーシップがそこにある

今、ここでこれを書いている向こうの部屋で、彼女は寝ている、娘はまだ起きている、私たちは日々を通して、顔をつきあわせ、声を掛け合い、当たり前に助け合い、励ましあって来た、これからもそうしていくだろう、そのようにして、私たちは居を同じくしている

それ以上でも、以下でもない

10
信心

私が決めた

ある時に、なされた選択、なされた決定
それが成り行きであってもかまわない、重ねられた時間の集積
それだけが、私にとっての価値だった
価値と信じて暮らしてきた、今も信じて暮らしている、この先も信じていくだろう

いや、正確に言い直す
信じる、と決めたのだ

誰が頷いてくれなかったとしても
信じることに決めたので、私はそれを信じています

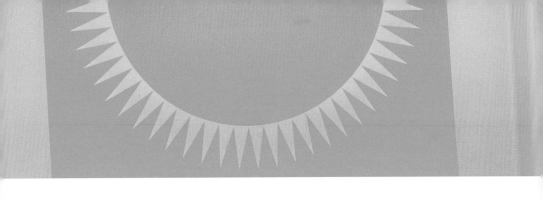

証明できるものはないですよ
けれど親子です
なんならさっき言った住所に来てくれてもいいですよ
たぶん母親は寝てると思いますけれど

な、と娘の方を向く、すると彼女が、はい、この人はお父さんです、そう言って、
警察官の顔を真っ直ぐに見てそう言ったので、おそらく私にかけられた、数人もで
囲むに値する、誘拐だとかビルの陰で幼女にいたずらとか、まあそんなところであ

ったのだろう、容疑のようなもの、それは一旦の解消を得たようだった

再び、レシーバーでどこかに連絡する声がする
背中を向けて自転車に跨る者、パトカーに引き上げていく警官たち

あの時、その数人の中に、一人、女性警察官がいた
なぜだろう？　なぜ彼女のことを覚えているのだろう？

彼女は最後まで声を発しなかった、私の娘にも話しかけなかった、先輩警察官であ
ろう男性たちと、それから私と、私の娘と、それぞれを、少し離れたところから、
同じような距離で、じっと見ていた、見ているように私には見えた

あの時の彼女の顔、居心地の悪そうな、自分の役割を、少しの時間、忘れてしまっ
たような彼女のあの顔

あれからもう10年が経つ

彼らは去り、私たちだけになり
空は白み始めていた
私と娘は、自分たちの家に向かって、歩いて帰った

12
勘

これが、娘が生まれてから職質された、たった一回の経験である
娘が生まれる前は、深夜の散歩、いや深夜に限らず、散歩という名の無目的な街の
徘徊が、趣味というか習性だった私は、嫌というほど職質された

顔色が悪いと呼び止められ、そういう時はたいてい袖をまくられ、腕の表裏をくま
なく見られ、注射の痕など探しているのだろう、所持品を出せと言われて、ポケッ
トから病院で処方された粉薬が出てきただけで、パトカーに乗せられたことすらあ
った、ある時、私は聞いてみた

そもそも道をぶらぶら歩いているというだけで、無灯火でもない自転車でただ走っ
ているというだけで、何を根拠に私を呼び止めるのですか？
すると警察官は首を少しひねって、うーんと唸って、それからこう言ったのだ

勘だよ、勘

驚いた、確かにそう言ったのだ、そうか、ただの勘だったのか、それはつまりこう
いうことか、例えば私が娘のことを、どんなに自分の娘と思っていても、娘だと認

めることがひとつも嫌でもないにも関わらず、いざ区役所に出向き、そこにある紙切れに署名のようなものをしようとすると、冷や汗がダラダラと流れ、頭が真っ白になってしまう

娘も娘の母親も、悲しむかもしれないと、なんとか署名をしようとするのだが、そこで、この世の終わりのような気持ちになってしまう、ああ、そんなことをしたら、まるで人間になってしまうではないか、いやいや、とっくに自分は人間だ、そんなことはわかっている、結局、私はカルガモに憧れている大馬鹿者なのだ、馬鹿者、馬鹿者、馬鹿者、馬鹿者、馬鹿者、馬鹿者、馬鹿者と、何回も言ってみる、それでもどうしても、それだけのことができないでいる自分は、結局、社会不適応者なのだろう

社会不適応者の、匂いのようなもの、臭気のようなもの
それが私の体からじわじわと外に漏れ出ているのだろう、漂っているのだろう、そして警察官というものは、まさに警察犬のように、その臭いを嗅ぎ逃さないのだろう、彼はおそらくそれを、勘という言葉で表したのだろう、だとすれば

なるほど勘かあ、たいしたものだなあ、などと思ってもしまうのだ

しかし私は、こうも思う

例えば深夜の公園で、それが深夜であるだけで、人の多くが寝ている時間というだけで、誰に迷惑をかけるわけでもない、大きな声で歌を歌っているわけでもない、通行人に絡んだりしているわけでもない、むしろ人通りの消えた街を、静かにひっそり徘徊しているというだけで

そのひっそりがいけないのかもしれないが、それだけで、社会不適応というのであれば、人間の社会はあまりに小さい

深夜、コンビニのレジに立つ、外国から来たのであろう店員たち、胸のプレートにカタカナで文字が書いてある、ウンと読めるので聞いてみる、漢字で雲だと教えてくれる、中国から来たという、そうか中国にいるあなたの親は、あなたを雲と名付けたのですね、雲さん、どうも、いい名前ですね、と勝手に思う

路上のタクシーで仮眠している運転手、その脇を横切る私と娘、そういえば新宿の図書館の前に、深夜、路駐タクシーが集まる場所がある、何故だろうと思っていたら、図書館の庭にトイレがある、入るとタクシーでの盗難に注意という貼り紙、なるほどここは深夜はタクシー専用トイレか、並んで用を足したことはない、見かけ

るのは車の中で、彼らはいつも眠っていた

トイレの脇の花壇のブロックの上を、たくさんのダンゴムシが徘徊している、ダンゴムシはコンクリートを食べると図鑑で読んだ、するとあいつらはカラスのように、都会に適応した昆虫ということか、ん？ あれは昆虫でいいのだっけ？ と娘に聞く

閉店後の居酒屋だろうかレストランだろうか、深夜の店の前のゴミ箱に、ドブネズミが群がっている、この街で暮らしながら、ドブネズミを見たことのない人はいるだろうか、一度、歌舞伎町の路上で転がっているドブネズミを拾い上げ、ポケットに入れて持ち帰ったが、ティッシュに含ませた水を少し舐めると、ネズミはすぐに死んでしまった

酔い潰れて道に転がる若いスーツのサラリーマン、と書いたが、サラリーマンかどうかなどわからない、とにかく酔い潰れて道で寝ている人を、この街ではしょっちゅう見かける、時には車道のことさえある、その時だけは声をかける、明け方の歩道をたった一人でカツカツとヒールの音を立てて歩くのは、仕事帰りの、いわゆる水商売の方なのだろう、オートロックのエントランスに吸い込まれていく

深夜、手を繋いで歩く二人連れにもよく遭遇する、娘が、またカップルだ、カップル多すぎ！ と反応する、いやあ今のは、もしかしたら兄妹かもよ、とてつもなく仲のいい、などと言って笑い合う

誰もが社会の一部であって、私もその片隅で、1人もしくは1匹として、これでも適応しているつもりである、ひっそりと、私もここで息をしている

息をする、息をしながら通りを眺める
誰かが歩いているのが見える、あれは人だろう
私と同種だ、同種の他人だ、向こうも息をしているだろう

ふと思う、私は、あの人を殺せない
同種の他人を殺せない、殺したりせずに、私はここまで生きてきた
誰かを憎んだり、恨んだりもせず、ここまで生きて来れたと思っている

生きて来れた、は大げさだ、生きているので生きている、死んではないので生きている、それだけで、それは、なんとかこの社会に適応して来た、して来れたという証ではないのだろうか？

動物ならば、適応の根拠はそれで必要十分だろう、ついでに言うと私の娘も、生まれてきたので生きている、死んではないので生きている、そして彼女も誰かを殺したりはしないのではないか、できないのではないか、誰かをさほど憎むことも恨むこともせずに、彼女もなんとか生きていくのではないか？
と、どうやら私は思っている

他人なのでわからない、願いというのとも少し違う

勘かな、勘
そういうものなのかもしれません

告白と懺悔 2

いい年こいて住所不定、無職かよ、このタコ
男は、いきなりそう言った、警察署の一室で、机の向こうで
いい年こいてと言われている私は20代だ、20代でいい年なのか、男の方は40代の
中頃か、50代くらいか、大柄の体に威圧を感じた

素直に窃盗を認めた私は、最寄りの署まで連れて来られて、その一室の椅子に座ら
された頃には、若い警察官は目の前の男にすりかわり、今、その男に名前と住所と
職業を問われたのだ、しかし私は答えられなかった
住所は今はありません、すると男が言ったのだ、住所不定、無職かよ、タコ

私はまた嘘をついていた
私にそれなりの住居はあったのだ

15
女子トイレ

山手線の大崎駅の駅前だった
とある大きな運送会社が所有していた、だだっ広い敷地の中にそれはあった

敷地には、鉄骨とトタンで組み合わされた廃工場が並んでいた、築何十年だったのだろう工場はどれも雨漏りがして、ただの倉庫にさえ不向きであった、そんなところをなぜ大手の運送会社が購入、管理していたかといえば、駅前の再開発に向けて土地が高額で転売できると踏んだのであろう

時代はバブルと呼ばれていた、しかしバブルは崩壊した、運送会社の目論見は外れ、再開発は先送りとなった、売れない土地を持て余してしまったというわけだ

工場は修理する気もなく放置され、そこを雨漏りしても構わないからと、私はアトリエと称して安価で借りた、私はそこで演劇の稽古などをした、溶接しながら舞台美術などをつくった、しかし工場にはトイレが無かった、トイレはビルの方を使ってくれという

敷地の隅に、4階建てのビルが1つあった、かろうじて雨漏りしないそこを、運送会社は倉庫として利用していた、しかし何年も使われていなかった廃墟のようなビ

ルである、確かにトイレはあるにはあったが、それは荒みに荒んでいた

特に女子トイレが酷かった、時たま荷物の出し入れに来る運送会社の社員は男性ばかりで、放置された女子トイレを掃除しようとする者などいるはずもなく、しかも彼らが倉庫にしてたのは2階までで、最上階の4階の、しかも女子トイレなど、誰一人出入りすることなく、ドアは壊れ、中は異様な臭いがした

それでもスイッチを入れれば蛍光灯がつき、蛇口をひねれば水が出た、便器が2つと陶器の手洗いと鏡があった、そこは4畳半ほどの広さに見えた、窓は小さく、廃ビルといえども鉄筋のビルだ、冬でもさほど寒くはない

私は考えた
そうか使って良いと言われたこのトイレ、誰も来ないであろうこ、この中に、ここでそのまま眠ってしまえば、アパートの家賃が浮くではないか

考えが浮かび、浮かんだ考えを実行に移した、手始めにまず掃除した、タイルの床には排水口があって水が流せた、デッキブラシで床を擦った、それから2つの便器を壊した、空いた穴にセメントを流した、そこにビールケースを10個並べて、その上に布団を敷いた、そうしてそこで私は寝泊まりを始め、やがてアパートを引きはらった

敷地が売れて、敷地内の全てが取り壊されて更地になるまでの7年間、私は昼はア

トリエに、夜はトイレの中にいた、そのようにして暮らしていた、住居として借りていたわけではない、工場群は居住区ではなく、住民票がとれるわけもなかった、住民票は引き払ったアパートを最後に途切れたままで、それは調べればすぐにわかるだろう、男に問われても、だから答えることはできなかったのだ

友人の部屋を転々としてます、私はまた嘘をついた
無職というかアルバイトです、清掃会社でバイトしてます、嘘ではなかった
当時はまだフリーターなどという、そんな生き方の概念のようなものも、言葉も無かった、しかしスクワッターという言葉はあった、それは不法占拠者という意味だった

今ではそこに、30階建ての高層マンションが建っている
40年近く前の話だ
時効にしてほしい

16
指

住所不定、無職かよ、このタコ

彼は吐き捨てるようにそう言うと、指紋を押そうとしている私の手を、上から強く
バチンと叩いた

ずいぶんと強く叩いたので、私の手は、机の表面に打ち付けられた
グレーのスチール机だった、痛かった
当時の警察はそういうことを平気でした、今でもそうだろうか、わからない

あの時、彼は、なぜ叩いたのだろう？
たぶん、ただ叩きたかったのだろう人の手を

そうかタコか、タコなのか私は、なるほど、しかしタコなら私は食べる、回転寿司
でたまには食べる、イカほどではないが時々食べる、正月になれば、おせちに入っ
ている赤く色づけされた酢ダコなども、食べたことがなくもない、いや食べるだけ
ではない、飼育していたことさえある、そうだ私は生きているタコを飼育してたで
はないか水槽で、そうです私はタコではありません、飼ってた側です、人間です

そんなことは言わなかった
私は黙って、指に黒いインクをつけた
順番に一本ずつ、両手の指を紙に押しつけた

指紋の採取はハンコのように上からまっすぐ押すのではない
指を左右に大きく回転させて、指先の広い面積を写すのだと知った

太い指のようだった、潰れた指のようだった
四角い枠の中に、並んでいる、私のしるし

タコは食べ物として売られていた
魚屋にいたのではない、魚屋に届く手前の魚市場にそれはいた
築地だった、築地の市場の隅のポリバケツの中で、タコは生きていた
紐で足を縛られていた、生きていたので私は買った

その頃、私は築地の近くでアルバイトをしてた
地下鉄の銀座駅を降りて駅前からバスに乗る、すぐにフジヤの大きな看板が見える、
バスは瓦屋根に白壁の歌舞伎座の前を通った、歌舞伎など一度も見たことはなかっ
た、歌舞伎座の裏手にはナイルカレーだったかナイルレストランだったか美味しい
チキンカレーの店があった、黄色くてサラサラとしたスープ状の骨付きチキンのカ
レーを一度だけ食べた、店を過ぎると築地本願寺という大きな寺がある、向かいに
築地の魚市場がある、バスは海に近づいていく

勝どき橋という、水色に塗られた鉄の橋をバスは渡った、記憶の中では水色だった、橋を渡ると、月島という名の、なぜ月の島なのかは知らないが、東京湾を埋め立てて作った島というか、町なのだが、もんじゃ焼きで有名な、月島という小さな町にバスは着き、町の真ん中にはボウリング場があった

勝どきボウルと書かれた看板の、後ろだったか手前だったか、屋根の上には巨大なボウリングのピンが立っていた、広告だったのか目印だったのか、たしかに遠くからでもそこがボウリング場だと一目でわかった

ボウリング場はどこでもそうなのか、巨大なピンが立っているものか、あのピンは何で出来ているのだろう、コンクリートか、それともプラスチックのようなFRPか、台風で倒れたりはしないのだろうか？

真っ白の上に、たしか赤い線が2本、引かれていた
屋根の上の、巨大で、白い、ボウリングのピン

勝どきボウルの裏手に回ると、駐車場があった
駐車場の隅には狭い鉄の階段があり、登るとレーンの真裏に出た

ゴロゴロゴロゴロ、ピーン、ガラガラガラガラ
ゴロゴロゴロゴロ、ピーン、ガラガラガラガラ

ボウリング場独特の、あの音が、ひっきりなしに響いている、そのレーンの裏、鉄
のドアを開けると細長い小さな部屋があり、たくさんのモップとモップ絞り機（そ
う呼んでいた）、ポリバケツ、ワックスの入った一斗缶、業務用の大型扇風機など
が並んでいた

ボウリング場で働いていたわけではない、すぐ隣の清掃会社が私のバイト先だった、
清掃会社はボウリング場の駐車場と、レーンの裏のその小さな部屋を借りていた

部屋から駐車場まで清掃用具を私は運んだ、仕事の前にそれらを降ろした、仕事が
終われば部屋に戻した、元通りの場所に揃えて並べた、一日中あの音が響いていた、
倉庫にしか使えなかっただろう

月に一度、給料の入った茶色い封筒を社長から直に手渡された、バイトが事務所に顔を出すのはその時くらいだった、たいてい私はバスを降りるとまっすぐにボウリング場の裏手に向かった、駐車場の隅の階段を登り、並んだモップやバケツやワックス缶や、ポリッシャーと呼ばれる丸い大きなタワシのようなものが電動でグルグルと回転して床を磨く、あの重い機械を駐車場まで一人で降ろした、それから社員さんの運転するワンボックスカーの後部座席に乗り込み、私は清掃先に運ばれた

社員もバイトも揃いのブルーのツナギを着ていた、その場所から、月島の勝どきボウルの駐車場から清掃先まで、私は車で運ばれた、行き先は都内のファミレスやファストフードの店舗が多かった、私はそこの厨房の掃除をした、たまに生命保険会社のビルのフロアの掃除もした

深夜の生命保険会社の無人のオフィスには、今月の営業成績なのだろう、壁に大きな模造紙で、契約達成の順位がグラフで示されていた、誰々さん1位おめでとう、などという言葉が色とりどりの紙テープで飾られた、1年中が文化祭みたいな部屋だった、私はモップで床にワックスを塗った、大型の扇風機で乾かした、天井から吊るされたテープが扇風機の風で揺れていた

清掃先は遠ければ他県、長野県だったこともある、あれは軽井沢の確かロイヤルホストだったと思う、真冬だった、深夜の気温は零度を下回り、ガラス用の洗剤を窓に塗ると、端からパリパリと氷の結晶がガラスにできた、ゴムのスキージでガラスを擦ると結晶がパラパラと地面に落ちた、かき氷をスプーンでつついたようなシャリシャリという音がした、オレンジ果汁が原料のその洗剤を、舐めても平気だと社員が言った、確かにオレンジの香りがした、口に入れたが味はなかった

他県を嫌がるバイトは多かった、私は嫌がらなかった、どの場所を告げられても私は行った、嫌だと感じたことがなかった、だからだろう、私はバイト先で重宝された、されていたように思う、40年も前のことだ、そうして私はバスに乗って、橋を渡り、ボウリング場に通っていた

事務所のスチール机はグレーだった、給料袋は茶色だった、中に7〜8万円が入っていた、そのくらいは働いた、そのくらいしか働かなかった、私の名前が、青い万年筆で書かれていた、窓からボウリング場の屋根が見えた、勝どきボウル、今でもあそこにあるのだろうか、くすんだ緑の屋根の上には、白に赤い線が2本引かれた巨大なボウリングのピンが立っている

ヒロちゃんさあ、築地でさあ、ほら、いろいろ魚、並んでるじゃん、正直、名前も
わかんないような魚とかいろいろ、その並んでんのより少し手前かなあ、通路みた
いなさ、コンクリの通路みたいな、長靴でさ、ホースで水をジャアジャア流してる
感じの通路にね？　薄い黄色とか、水色っていうか、うーん、薄い青緑？　プラス
チックの樽っていうか、桶か、桶だ、桶の中にね、タコがいたんだってばさ

生きてんの、まだ生きてんだよね、タコ、なんか紐で縛られてたかな、縛られてな
かったかな、や、確か縛られてたよ、カニなんかもほら毛ガニとかさ、こっちが挟
まれないように紐で、ハサミや足をぐるぐる縛られた状態でさ、かすかに動いてた
りすんじゃん、するよね店先で、近所のスーパーとかで、丸正とかで、アワビとか、
なんかもっとでっかい名前も知らない貝が、指で押すと確かに動く、ビニールって
いうかラップの下で、なんか、じわーって、動く感じ

22
種類

あれたぶんマダコだったんじゃないかな、肌色っていうか、肌色って言ってもタコ肌だからね、薄ピンク？ 紫みたいな、それが茹でたらいきなり赤くなるじゃん、で、それをさあ、さらに食紅で染めて、酢ダコとして売られるやつ、身は真っ白だよね、茹でるとね、うん、なんつーか純白？ だから外側を染めるんだろうね、赤白で、縁起がいいじゃん、お正月にさあ、あれがマダコ、いちばん一般的なタコ

23
足

で、タコが生きたまま売られるのはさ、俗に言う足が速いからだよ、そう足が速い、つまり肉が傷みやすいってことだ、死んでからの腐敗の速度が速い、じゃあイカはどうなんだろう、生きたまま売られてないじゃん、イカはかすかにも生きてはない、ということはタコのように足は速くないかもしれない、そうとは限らないのかもしれない、イカはタコみたくさあ、桶とかで生かしておくのはムズイから、困難だか

ら、つまり死んでからじゃなく捕まえてからの、死ぬまでの足が速いのかも

24
自給自足

足といえば、タコってさあ、飢えると自分で自分の足を食べちゃうんでしょ？ それで飢えを凌ぐんだって、そう聞いたこと確かにある、ことわざっていうか四文字熟語の、自給自足、あの自足ってさあ、だからタコの足のことじゃない？

25
噂

いやいや、その話は眉唾らしいよ、自分の足を食べてしまうタコは確かにいるのだけれど、それは何かの間違いで、つまりバグのような行動で、自分の足を食べたところで、結局、そのタコは死んじゃうらしい

するとだよ？

足を食べたところで、なんの足しにもなってない、なんの合理性も感じられない、それってずいぶん奇妙なことだよね、だって生き物の行動ってさあ、基本、極めて合理的に設計されてるんだと思うんだよね、基本はね、てことはやっぱりそれってただのバグなのかな？

26
自給自死

人間以外に自殺する動物はいるか？
いるとしたら、そこにある合理とはなにか？

レミングの集団自殺は、実は移動の際の事故だという
旅鼠と呼ばれる彼らにとっては、移動することだけが合理であって
個体は死のうとはしていない、生きようとしかしていない
彼らは、旅に出ただけなのだ

実際さあ、イカの飼育はタコの飼育よりずっと難しいらしく、でも割烹屋の水槽で
イカが泳いでいるのはよく見るじゃん、あれ、どういうことなんだろう？　イカは
魚のように、透明なガラスの行き止まりに慣れることができなくて、何かに驚くと、
いきなりガラスにぶつかって死んじゃうんだって、あいつら、イカ

イカの神経組織の構造は人間の脳のシナプスとかに近くて、それに太いんだって、
それでイカの神経を研究に使いたがる大学なんかじゃ、ドーナツ型の水槽というか
プールというか、ほら子供用のビニールのプールみたいな、あれ使ってイカが壁に
ぶつからないよう、グルグル回遊させて飼育してるのを、なんかで見たよ、読んだ
のかな

え、それ、あれみたい、ほら差別用語で今はもうタイトルが言えない絵本のやつ、
椰子の木の周りだったっけ、最後にトラが、グルグル回ってバターになっちゃう、
トラであってる？　でもトラがバターになんないよねえ、バターほとんど脂肪じゃ
ん、あ、脂肪以外にもあるか、乳製品か、たんぱく質とかか

タコの肉は魚肉じゃない、イカもエビも貝も魚肉じゃない、でも魚屋で売るしかないのはわかる、みんな海のものだし、寿司のネタだし、しかしそうしてみると、お寿司の中で卵っていうか、卵焼きだけ唐突だよね？　あれ海じゃないじゃん、ぜんぜん陸じゃん、ていうか鳥じゃん、飛べないけど、ニワトリだけど、卵だけど

言われてみれば、確かに変かも、お刺し身の中に鳥の卵、でも美味しいもんね、卵なかったら、やっぱり私、嫌だな、お寿司、あと干瓢巻も好き、あ、干瓢って、確かあれって、なんか植物だよね？　夕顔だっけ？　夕顔の実だっけかな、でも夕顔って浜辺に生えてるらしいから、そこはやっぱりお寿司っぽい？　え？　夕顔、浜辺じゃないの？　普通に畑？　そんなこと言ったらカッパ巻きのキュウリも海じゃないか、めっちゃ畑か、普通に野菜、でもカッパってことで、川ってことで

タコ、イカ、エビ、カニ、それから貝、どいつもこいつも魚じゃない、魚肉じゃない、だからってタコ肉とかイカ肉とか、いちいちね、貝肉とか？　そもそも肉って言わないじゃん、じゃあなんて言う？

うーん、身かなあ？　身が締まってるとか、詰まってるとか？　身っていうのはさあ、たぶん中身ってことだろ、外側の殻とかに対して中身の身、つまり身体、体ってことか、でもさあ魚肉でもない、獣肉でもない、もちろん鳥肉でもない、あいつらさあ、じゃあ、あいつらっていったいなんなんだ？

30
カットルボーン

脊椎がない、つまり背骨がない、背骨だけじゃない骨がない、タコやイカ、エビや
カニ、貝とかウニとかナマコとか、あいつらみんな、骨がない、どこにもない

でも魚にはさ、骨がある、穴子であろうが白魚であろうがちゃんとある、背骨があ
る、脊椎がある、だから魚も獣も、もちろん人間も、脊椎動物って言われるわけだ、
そう、だから魚と人間は、違うようでいて、や、もちろん凄く、もの凄く違うんだ
けど、あいつらみんな水の中だしこっちは陸だし、それでもね、背骨を持った生き
物として、あんがい遠いところにはいない、でも背骨がないやつらはそうじゃない、
もっとずっと遠いところにいる、人間から、つまり俺からね

で、貝にはさあ、骨はないけど殻がある、カニなんかもさあ、やっぱり殻っていう
か、外側が硬い殻みたいなものでできている、そういう意味では、あいつらはむし
ろ昆虫に近いのかもしれない、なんか乾いて、硬い、鎧みたいなもので覆われてい
て、その内側に、柔らかな中身がある、筋肉とか内臓とかね

そういえば漢字の蛸って、虫偏だろ？　あれもともと蜘蛛のことだったんだって、蛸って字、タコもクモも足が8本だからかな、昔は海の蜘蛛って言われてたらしい

イカにはさあ、骨の代わりに甲がある、まあ軟骨みたいなもんだけど、だからインコが齧るカットルボーンって、あれ間違いだよね本当は、カットルは甲のことだけど、甲は正しくは骨じゃない、ボーンじゃない、でもでもさ、カルシウムが取れるのは間違いなくて、甲は貝殻と同じで炭酸カルシウムで出来ている、っていうかあれ貝殻の名残なんだって、ほら、オウム貝わかる？　あれ見たら、イカに昔は貝殻あったってわかるかも、そうそう、ナメクジとかにも体の中に小さな貝殻あるやつがいる、ここでオウム貝に相当するのが、カタツムリかも、え？　じゃあイカは、海のナメクジってこと？

背骨がない、脊椎を持たない彼らは、無脊椎動物と呼ばれている
かつては無血動物とも言われたそうだ
脊椎のない彼らには、赤い血液も流れてないという
私から、遠い、遠い生き物たち

冒頭に、小松菜と自分で書いて、小田原と空目してしまったのだが、小の一文字しか合ってない、空目というより耄碌か、ただの老眼か

私は小田原あたりで育った
生まれたのは海のない山梨だった、父親の仕事の都合で、幼稚園の途中で生家を離れた、移った先は神奈川県の小田原あたり、東海道線で小田原の一つ隣が鴨宮という駅だった、もうひとつ隣が国府津という駅で、海の近くの駅だった、海のない山梨からいきなり国府津の幼稚園に転入をした、目の前がすぐ砂浜だった、ずっと一日、海の音がした、鴨宮から国府津まで電車で通った、鴨宮はどうして鴨の宮になったのだろう、鴨を見た記憶などひとつもない

それから小田原あたりを転々と、小学校も転校し、中学校も転校し、だから故郷と呼べるような場所は私にはない、そういう風景を持ちあわせていない、それでも記憶の中に、ことがらのような断片は残っていて、それが、そういう記憶の断片が、私にとっての原風景だと言えるのかどうか

幼稚園に転入した日、昼食のあとに、お昼寝の時間というものがあった、波の音がした、私は目をつむって寝転がっていた、先生の声が聞こえた、あら、この子はいい子ね、すぐにちゃんと寝て、そんなふうな事を声は言った、言われたので私は寝たふりをした、その日から卒園するまで、私はずっと寝たふりを続けていた

珍しく雪が積もった学芸会の日、灰色のタイツでネズミの役をやったこと、本棚の裏に点数の悪いテストを押し込んだこと、百科事典の中の人体模型図みたいな透明のフィルムのページを切り抜いたこと、死んだ亀を川に流すとすぐにぶくぶくと沈んだこと、母親がミシンでうっかり自分の指まで縫ったこと、鉄橋のレールの下に潜って頭の上の列車の通過音を聞いたこと、家までは我慢したのに玄関に着くなり尿と便がいっぺんに出たこと、台所で歩きながら麦茶を飲んでいたら床下の貯蔵庫に落ちて割れたビール瓶で足の裏を切ったこと、病院まで背負われた母親の背中で死ぬと思うと言ったこと、他のクラスの生徒に筆箱の中の500円札を盗られてこの人ですと指さしたこと、文明堂のカステラの白い熊の踊りを踊ったこと、防空壕の奥で見つけた犬の骨を教壇の抽斗に隠したこと、発泡スチロールの固まりにつかまりながら川から海に流れ着けると思ったこと、校舎の脇の大きな木を3階の高さに登って枝から自分の教室を見たこと、竹林で竹を上に上にと登っていったら竹がしなって気づくと地面に着いたこと、家の食卓で母親に何かを食べろと強く言われて皿の上の果物フォークで自分の顔を引っ掻いたこと

左のまぶたに、2本の線が引かれている
何が言いたいわけではない
忘れたことがあり、覚えていることがあるというだけのこと

32 記憶

しかし何故だろう？　なぜか変わらず、いや変わり果ててボロボロに朽ちているのかもしれないが、あの町に、あのボウリング場は今もある、そう思う私がいる

橋の名前は勝どき橋、橋を渡ると商店街、もんじゃ焼き屋が並んでいる、月島という名前の小さな町、なんで月の島なのかはわからない、海の匂いがする、海の匂いに油が混じる、どこからかカモメの声がする、いや人がカモメと思っているのはたいていウミネコだ、確かにあいつらはミャアミャアと鳴く

33 ゴッドファーザー

商店街の路地は狭くて、どこを歩いてももんじゃ焼きの匂いがした、私はそこで3回くらいはもんじゃ焼きを食べた、水のように溶かれたもんじゃをうまく焼くのは簡単ではなかった、口の悪い人はたいていそれをゲロに例えた、それにしてもだ、もんじゃ焼きというあの奇妙な名前は、いったい誰がつけたのか？　すべてモノの

名前は誰が最初につけたのか？

私は娘に名前をつけた

娘の母親の、その父親も、名前を考えてると聞いた、申し訳ないがスルーした、なぜ彼が、私たちの娘の名前を考えているのだろう、気持ちはわからないでもないか、彼にしたら初めてできた自分の孫で、しかし彼と私はどうしたって他人で、それでも彼は、私たちの娘の名付け親になりたかったのだろう、なれたら嬉しかったのだろう

ゴッドファーザーが名付け親という意味だと私は映画で初めて知った、血は繋がらない、しかしファミリーの証ということなのだろう、確かに私は彼女を認知していなかった、しかしゴッドファーザーなどではない、ただの当たり前の親だった、親として、私は娘の名前を考えるということをした

最初、名前は子供だった、生まれて来るのは子供なのだ、これから子供が生まれてくると私は思った、ならば子供と呼べばいいではないか、子供ちゃん、似合ってるじゃないか

しかし母親にも周囲にも反対された、赤子のうちは良いとして、やがて学校などに行き、同級生が子供と呼ぶのか、さらには大人に、社会人になったらどうするのかと、そういうことを私は考えられなかった

名前というのは呼ぶ方が、呼ぶ方の都合で、たいてい他の似ているなにかと区別がつくように、区別するためにつけるのだろう、あれはオシドリではないですね、どうしましょう、カルガモっぽいからカルガモにしますか、まあこんなようなことだろう、つけられたカルガモの気持ちなどおかまいなく

名前が呼ぶ方にとっての都合でよいのなら、自分が呼ぶなら子供ちゃん、じゅうぶんと思った、そして彼女がやがて成人すれば、自分で名前を決めて申請できると聞いた、ならばそれが一番、良いのではありませんか？

などと言ってはみたが、母親の同意はまったく得られなかった、呼ばれた子供の気持ちを考えるという責任が私たちにはあるよ、彼女はそう言った、そのとおりだと思ったが、他人の気持ちをどうやったら当てられるものか、もちろん私だけの子供ではないので、私は素直に自分の考えを引っ込めることにした、そうこうしてるうちに生後2週間という、出生届を提出する期限のようなものが近づいた、それがもう明日だという、その日の晩だった

布に包まれて眠っている小さな顔を見ていると、自然と名前のようなものが口をついて出た、母親も隣でそれを口にした、しっくり来るという、名前を呼んだら小さな顔が笑ったんだよ、と彼女は言った、私はそれは見ていなかった、彼女がそういうのだからそれでよかった、その時からそれが娘の名前になった

こうして誰かが誰かの名前を決める、決まってしまう、その瞬間を味わうことには
なった、しかしこの世にあふれるモノの名前、いわゆる名詞というものは、こんな
ふうには決まらない、それは誰か一人が決めるのではない、それは集団で、寄って
たかって、みんなで決めていくのだろう

それはあたかも、あだ名みたいな、通り名みたいな、気づくとそう呼ぶ人がいて、
時が流れてもまだそう呼ぶ人がいて、相変わらずそう呼ぶ人がたくさんいて、そう
してるうち、いつしかそれが名前になっていく

名前の鞘に収まったというか、気づいたらそう呼んでいる、呼んでいた、じゃあそ
れでもういいか、もうみんなそう呼んでるし、いまさら変える理由もないし、モノ
と名前の、それは事実婚みたいなものか

そのようにして、もんじゃ焼き、いつのまにか、もんじゃ焼き、そんな奇妙な名前
で呼ばれるようになった食べ物の専門店が、東京という名の都市の中でも屈指に、
ここに並んでいるのだと私は聞いた、青いツナギの人がそう言った、月島という名
の小さな町の、商店街の狭い路地

それは今も、そのままそこにある、なぜか私はそう思ってる、思っている自分に気
づく、水色の橋を渡れば、橋さえ渡れば、たぶんそこにあの町はある、町の真ん中
にはボウリング場があって、名前を標した看板の横に、巨大なボウリングのピンが
立っていて

その光景が、私の中に住み着いている、今だに住んでいる、理由はわからない、
40年という時間を思えば、とっくにボウリング場は壊されてるだろう、そうかも
しれない、その可能性のほうが高いのかもしれない、明日、銀座からバスに乗り、
橋を渡ってみればわかるだろう、ウミネコは明日もミャアミャア鳴いているか、海
は今でもやっぱり油臭いのか

机の上で、私は何度も橋を渡ろうとする

34 もんじゃ焼き

東京でもんじゃ焼きといえば、浅草と月島なのだという
それがもんじゃ焼きの二大聖地だと

もんじゃ焼きという名前は、文字を焼く、つまり文字焼きから来ていると知った、
江戸時代だろうか、寺子屋の前で、お腹をすかせた子どもたちが薄く伸ばした小麦
粉を焼いた、焼き上がるのを待つあいだ、覚えたての字を紙に書くように、小麦粉
の表面に指で字を書いた、そうして時間を過ごした、それはいつしか文字焼きと呼

ばれ、それがもんじゃ焼きになったのだと

文字が焼ける匂いがする

違う、焼けてるのは小麦粉だ、馬鹿と書いて焼こうが、利口と書いて焼こうが、好きと書こうが嫌いと書こうが、焼けているのは小麦粉だ、小麦粉とソースの焦げた匂いだ

それでも人は、文字焼きと呼び、馬鹿が焼けたあ！　利口が焼けたあ！　などとふざけるのだろう、それが人間というものの性なのだろう、嫌いなヤツの名前を書いてそれが焼けていくのをジッと見ている子もいたのだろうか、小麦粉とソースの呪い、藁人形みたいでちょっと怖い

言葉というものには体がない、しかし字にして書けば、体が少しあるようで、焼けていく文字にはもっと体があるようで、その体が小麦粉だったとしても、文字焼きはどこか、儀式のようで

灰皿の中の髪の毛を、ライターの火で炙る

さっきまで、自分の体の一部であったのに、それは私であったのに、プツンと離れたとたん、まるでゴミのように思っている、もう私だと思っていない、切られた爪も、擦るたびにボロボロはがれる垢も、たしか私だったはずなのに

匂いがする、独特の匂い、あれを香りとは言わないだろう、匂いというしかないような、それが、たんぱく質が焼ける匂いだと教わった、誰にだったか、学校の先生だったか、理科室だったか

理科といえば、酸性だのアルカリ性だのリトマス試験紙だの水素だの酸素だの水の電気分解だの、そうだ電気分解を教わった私は家の水槽に100ボルトの電極を突っ込んだ、電極からぶくぶくと泡が立った、金魚は平気でその横を泳いでいた
学校ではカエルやフナの解剖をした、カエルの太ももの筋肉が、電池の電流でピクピク動いた、腹を割かれたフナの尾が、ピチピチと動いて机を叩いた、バケツに戻すと内臓の無いフナは、バケツの中をぐるぐると、何周か回ってそれから止まった

小さなガス爆発を起こしてしまったことがある、何度かある、それは大人になってからの自分の部屋で、何度もある時点で、たいへんまずいとは思うのだが、空気の通りが悪くなったストーブの埃を取ろうと、パソコンをシュッと掃除するスプレータイプのクリーナー、中身は何のガスだったのか、点火されたままのストーブに吹

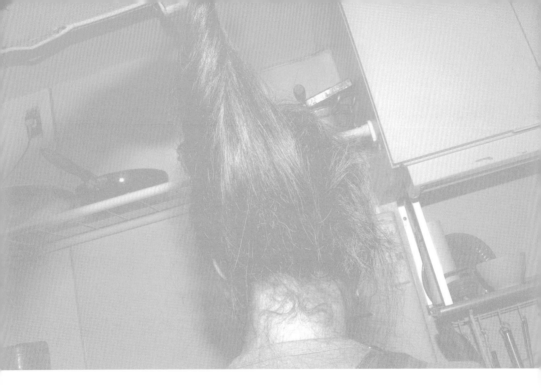

きかけた瞬間、ドン！という音とともに火柱がたった

髪の毛と、眉毛とまつ毛がチリチリに焦げて縮れた、指で触るとポロポロと落ちた、ドリフみたいじゃん、と一人で笑ったあの時も、あの独特の、たんぱく質の焼ける匂いがした

36
ニュース

インドで大量の人が死んだとニュースで見た、世界中で人が死んでいるとニュースで聞いた、それはいつだってそうなのだろうが、疫病の大流行だと毎日ニュースが報じていた、ニュースのニューは、新しいという意味でいいのだろうか？

私はもうテレビを見ない、ニュースはたいていネットで見る、YouTubeのニュースも見る、しかしネットのニュースの面倒なところは、今日のニュースと過去のニュースが混然としてることだろう、気をつけなければニューではない、アップロードされた日付をちゃんと確かめないと

私が生まれた時、終戦から15年が経っていた、終わったのはもちろん第二次世界大戦だ、太平洋戦争だ、日本が負けた、真珠湾の、ガダルカナルの、ミッドウェイの、硫黄島の、沖縄の、原子爆弾の、玉音放送の、戦争が終わった15年後の日本で私は生まれた、私の親が、私を生んで育て始めた

改めて思う、15年など、あっという間ではないか

2000年を超えてから、もう20年以上が経っている、あの震災からも10年が、その前
の震災からは25年以上が経過したのだ
敗戦から数えて15年、それがどれほどわずかな時間だったか

そんな戦後間もない時代に私は生まれた、その頃の記憶はもちろん無い、テレビの
記憶、白黒テレビの記憶はかすかにある、当時はモノクロなどとは言わなかった、
白黒テレビだ、それがカラーに変わった、日立のテレビ、キドカラーという名前だ
った、4本の足がある木目調の、家具調の大型のブラウン管テレビ、ブラウン管テ
レビなど今は見かけない、テレビという言葉も死語かもしれない、今はモニターと
呼ぶのだろう、電話機などとも誰も言わない、電話ボックスもすっかり減った、そし
てニュースはパソコンで見る、私よりも若い世代はおそらくスマホで見るのだろう

モニターの中で、スマートホンの中で
人の体が燃えている

まるで焚き火のようだった、地面の上で、三角形に組まれた木が燃えている、燃え
ながら並んでいる、同じ形の数え切れないようなそれが、広場に並んで黒い煙をあ
げている

その光景をニュースが私に見せている、インドから、インドではこうやって人を燃
やすのか、私はニュースで初めて知った、屋外で、川の近くで、まるでキャンプフ
ァイヤーのように、人が燃えている

髪の毛を燃やせば、爪を燃やせば、たんぱく質の匂いがする、人の全部を丸ごと燃やせば、どれほどの匂いが立ち込めるのか、火葬場の煙突はだからあんなに高いのか、一度に何十何百という人間の肉、その大量のたんぱく質

肉は、肉からしか出来ないわけではない、植物を食べても肉は出来る、ヒエを食べてもアワを食べても、あの羽やクチバシや、目や足や骨や筋肉を作り出すのだと、鳥カゴの鳥が教えてくれる、ヒエやアワで作られた体で羽ばたき、小鳥が鳴く

動物も植物も、分子や原子、その成分の次元では、まったく同じものでできているということか、こんなものは素朴にすぎる疑問なのか？ それでも肉の下で燃えている木と、その木の上で燃えている肉は、違う匂いがするだろう

37
グローバリズム

グリーンランドで、何人死んだか私は知らない、ミクロネシアで、何人死んだか私は知らない、タジキスタンで、何人死んだか私は知らない、マーシャル諸島で、何人死んだか私は知らない、ドミニカで、何人死んだか私は知らない、リベリアで、何人死んだか私は知らない、ボツワナで、何人死んだか私は知らない、ソマリアで、何人死んだか私は知らない、コートジボワールで、何人死んだか私は知らない、タンザニアで、何人死んだか私は知らない、カンボジアで、何人死んだか私は知らない、アフガニスタンで、何人死んだか私は知らない、シリアで、何人死んだか私は知らない、カメルーンで、何人死んだか私は知らない、ニジェールで、何人死んだか私は知らない、イエメンで、何人死んだか私は知らない、ニカラグアで、何人死んだか私は知らない、バミューダ諸島で、何人死んだか私は知らない、赤道ギニア

で、何人死んだか私は知らない、パプアニューギニアで、何人死んだか私は知らない、ジンバブエで、何人死んだか私は知らない、スリナムで、何人死んだか私は知らない、南スーダンで、何人死んだか私は知らない、ガイアナで、何人死んだか私は知らない、トーゴで、何人死んだか私は知らない、コンゴ民主共和国で、何人死んだか私は知らない、ガンビアで、何人死んだか私は知らない、ガボンで、何人死んだか私は知らない、ナミビアで、何人死んだか私は知らない、ギニアで、何人死んだか私は知らない、ルワンダで、何人死んだか私は知らない、アンゴラで、何人死んだか私は知らない、ブータンで、何人死んだか私は知らない、スーダンで、何人死んだか私は知らない、セネガルで、何人死んだか私は知らない、ウガンダで、何人死んだか私は知らない、ハイチで、何人死んだか私は知らない、ソロモン諸島で、何人死んだか私は知らない、ニューカレドニアで、何人死んだか私は知らない、ジブラルタルで、何人死んだか私は知らない、東ティモールで、何人死んだか私は知らない、ジャマイカで何人死んだか私は知らない、マダガスカルで、何人死んだか私は知らない、バハマで、何人死んだか私は知らない、モナコで、何人死んだか私は知らない、セーシェル諸島で、何人死んだか私は知らない、フォークランド諸島で、何人死んだか私は知らない、フィジー諸島で、何人死んだか私は知らない、ブルネイで、何人死んだか私は知らない、シエラレオネで、何人死んだか私は知らない、トリニダード・トバゴで、何人死んだか私は知らない、モルディブで、何人死んだか私は知らない、キプロスで、何人死んだか私は知らない、サモアで、何人死んだか私は知らない、セントヘレナで、何人死んだか私は知らない、レソトで、何人死んだか私は知らない、サンマリノで、何人死んだか私は知らない、セントマーチンで、何人死んだか私は知らない、バチカンで、何人死んだか私は知らない、

モーリタニアで、何人死んだか私は知らない、モントセラトで、何人死んだか私は知らない、アルバで、何人死んだか私は知らない、グレナダで、何人死んだか私は知らない、ベナンで、何人死んだか私は知らない、マルタで、何人死んだか私は知らない、キュラソー島で、何人死んだか私は知らない、マラウイで、何人死んだか私は知らない、サンピエール・ミクロン諸島で、何人死んだか私は知らない、ケイマン諸島で、何人死んだか私は知らない、バージン諸島で、何人死んだか私は知らない、チャンネル諸島で、何人死んだか私は知らない、フェロー諸島で、何人死んだか私は知らない、タークスカイコス諸島で、何人死んだか私は知らない、ブルンジで、何人死んだか私は知らない、アンギラで、何人死んだか私は知らない、チャドで、何人死んだか私は知らない、エリトリアで、何人死んだか私は知らない、ギニアビサウで、何人死んだか私は知らない、バルバドスで、何人死んだか私は知らない、コモロで、何人死んだか私は知らない、モーリシャスで、何人死んだか私は知らない、バヌアツで、何人死んだか私は知らない、マン島で、何人死んだか私は知らない、セントルシアで、何人死んだか私は知らない、サンバルテルミー島で、何人死んだか私は知らない、ボネールで、何人死んだか私は知らない、グアドループで、何人死んだか私は知らない、ジブチで、何人死んだか私は知らない、マリで、何人死んだか私は知らない、ベリーズで、何人死んだか私は知らない、セントビンセントグレナディーンで、何人死んだか私は知らない、セントクリストファー・ネービスで、何人死んだか私は知らない、サントメ・プリンシペで、何人死んだか私は知らない、レユニオンで、何人死んだか私は知らない、マヨットで、何人死んだか私は知らない、リヒテンシュタインで、何人死んだか私は知らない、アンドラで、何人死んだか私は知らない、ウォリス・フツナで、何人死んだか私は知らない、マ

ルティニークで、何人死んだか私は知らない、エスワティニで、何人死んだか私は知らない、カーボベルデで、何人死んだか私は知らない、ブルキナファソで、何人死んだか私は知らない、アンティグア・バーブーダで、何人死んだか私は知らない、ニウエで、何人死んだか私は知らない、ボスニア・ヘルツェゴビナで、何人死んだか私は知らない、ツバルで、何人死んだか私は知らない

38
告白と懺悔 3

そんな名前の国があることを、私は今まで知りませんでした

39
表明

なぜか生きている
私は

私が

40
スイカ

ヒロちゃんさあ、お前さ、残しすぎじゃん？ 何じゃなくてさ、え、スイカの皮、え、だってさあ、だってぜんぜん赤いじゃんこれ、俺ならここからあと2センチ食べるよ、や、だってここまで赤いとこ残す人、初めて見たよ、じゃああれは？ ほらメロンの種のとことかどうすんの？ ま、メロン、今、関係ないけど

そういってヒロくんは、彼は、三角コーナーのスイカを指でつまみ上げた、私が浩子で、ヒロちゃんと彼は呼ぶ、彼は博嗣で、私はヒロくんと彼を呼ぶ、ややこしい、やだヒロくんは食べるのだろうか、まさか、げ、さすがに食べたら考えちゃうよ、あなたと一緒に暮らすとか、ここで、この私の部屋で、限られた空間で、お互いの生活を交えること、私一人の暮らしでなくなること

あ、指でつまんで匂いを嗅いだ、それから三角コーナーに戻した、蛇口から水を出してスイカの上からかけてる、何がしたいんだろう、やっぱり無理なのかもしれない、やっぱり私、一人暮らししか無理かもしれない、違う、そうじゃない、そうじゃなかった、とっくに一人じゃないんだった、私は

この部屋にはいろいろいる、いろいろいるの、たくさんが一緒なの、生活が、でも人間であるのは私だけで、そういうこと、この部屋に人間は一人だけ、それでもう充分なの、たぶんバランスは崩れるの、だからあなたはそうやってさ、私たちの食べものを、勝手に触らないでほしい

42
告白と懺悔 4

告白します、私がまだ食べれるスイカを三角コーナーに捨てたこと、いいえ捨てなかったこと、ただ、そこに置いたこと、2つのスイカの切れ端を、赤い果肉をそろえて上に向けたこと

私は、洗剤がかからぬように気をつけました、そっと、猫の餌皿に餌を置くように、食べやすいように、彼らが食べやすいように、どうか食べてくれますように、昨日は昨日の糧を、今夜は今夜の糧を、明日は明日の糧を、私の日々の行いが、彼らの飢えを救えますように

彼らが救われますように、少しでも彼らの心が癒されますように、少しでも彼らに心がありますように、そしてどうか許されますように
私がいつまでも嘘をついていることを

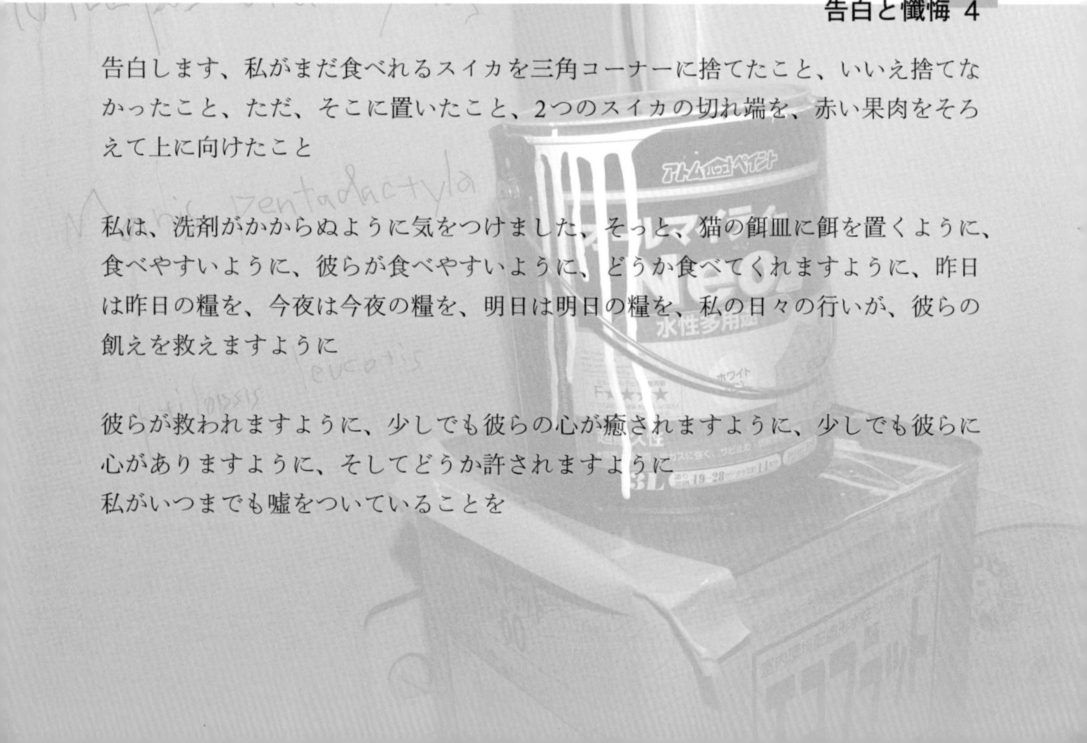

俺のバイトはゴキブリの駆除が専門だった、はじめは店内の清掃だけだった、夜さ、夜、閉店後の深夜のファミレスとかハンバーガー屋とか、ロイヤルホストとかロッテリアとか、わかるだろう？

床にまず洗剤を撒いて、ポリッシャーという機械でグルグル磨きながら床を洗って、床を擦って、それからカッパキっていう長い柄のついたTの字型のゴムのヘラみたいなので汚水を集めてバケツに捨てて、それからモップで水拭きする、で、でかい扇風機で乾かしてさ、乾いたら今度はワックスをモップで床に塗る

一回じゃない、一回だとムラになる、扇風機で乾かしてもう一度塗る、塗ったワックスをまた扇風機で乾かす、そういう仕事、青いツナギ着てさ、閉店後だったり客が一番少ない深夜だったり、見かけたこともあるだろう？ 深夜コンビニの前に車停めて、自動ドアに立て札置いて、最短時間で掃除してる現場、俺の場合はコンビニじゃなくて、ファミレスやハンバーガー屋だったってこと

それがだよ、途中から厨房のさあ、掃除だけじゃなくてネズミだとかさあ、ゴキブリ駆除もやるようになったんだよ、会社が、うちの、まあどんなに床がピカピカでもゴキブリ出たらアウトだもんね、飲食だから、優先順位はゴキブリってことだ、そりゃそうだ

44
通り道

や、わかるんだよ、だんだんやってるうちに、やつらが通りそうなとこ、勘かな、勘、そう、勘だよ、勘、そこにこう、銀色の金属の噴霧器みたいなのからさ、や、噴霧って感じじゃないんだな、もっとこうドロッとした、白い液体の殺虫剤が先端からピュピュピュッて出る

なんかさ、ちょっとあれだけどさ、そう、ジャスト射精みたいな感じなんだ、ピュピュピュッて、それね、やつらの通り道に撒いていく、しばらく時間を置く、しばらく時間を置くとバラバラとゴキブリが上から降ってくる、まじで天井とか戸棚の上から降ってくんだよバラバラバラバラ、大小さまざまなゴキブリが

で、厨房よりやばいのは、お客さんが食べるテーブルの上だよ、メニューとか立て

掛けてあって、それとスプーンとかフォーク入ってる、あれあんじゃん長方形の、あれにも降ってくんだよ、ゴキブリが、シャレた店だとパンのカゴとか、籐で編んだカゴみたいなやつ？ ああいうのいちいち洗ったりできないじゃん？ そりゃ中に落ちたゴキブリは払うよ、入れ物逆さにしてトントンって払って、それでもう終わり、だから俺、自分でやっといてあれだけどさ、このバイトしてからもうファミレスで食えないもん、マジで、あ、ごめん、なんか話さなきゃよかったかな？

なんか怒ってる？

や、ウチの会社が特別いい加減なわけじゃない、どこの会社が駆除したって同じだって、だいたいさ、そもそもさ、ゴキブリが耐えられないほど不潔だっていうのも、まあ、なんかよくわかんないし、不潔不潔言うけどさあ、半分くらいは気持ちの問題でしょう？ つまりあいつらは昆虫だよ昆虫、都会の昆虫、ああいう形で、足の動きが速くて、体が妙にデラデラ光ってて、油塗ってるみたいだから油虫って呼ばれたんだよね、昔はね、今はアブラムシって別の虫のことだけど、野菜や植木の葉っぱにつく害虫だよね今のアブラムシ、で、それを食べるのがテントウムシで、それは益虫、俺らだって益虫だよね、害虫殺すのが俺の仕事で、ニーズだよニーズ、ジャスト益虫

しかしゴキブリ害虫だって、めっちゃ嫌われてるけど、行くとこ行ったら繁殖させて売ってるよね、ペットの餌で、アロワナとかさ、ゴキブリが最もいい餌なんだって、栄養価が高いんだって、あらゆる生き物の中で昆虫がいちばん、たんぱく質の

含有率が高いらしい、含有率って言った時点で食品扱いだけどね、だから肉とかあんまり食えない時代にはさ、イナゴの佃煮とか知ってる？　食ってたんだよ俺ら日本人、こないだ中野ブロードウェイの入り口あたりの惣菜屋で見かけたよ、今でもあんだよイナゴの佃煮、イナゴなんかあれバッタじゃん

あと蜂の子って言ってさ、蜂の巣の中の幼虫だよね、白いコロコロした半透明の芋虫みたいな、芋虫ってよりウジ虫じゃん、あれフライパンで炒めて食うんだよ、南米とか今でも芋虫食うもんね、言っても俺は食えないけど、芋虫もバッタもゴキブリも

殺して、捨てて、減らすだけ、ジャスト益虫、あ、これは俺のこと

45
終電

違うよ
あなたはまったくわかってない、私が不快に思ったのは、あなたがゴキブリを殺してるからでも、殺したあとスプーン入れやパンかごやメニューボードをきちんと拭いたり洗ったりしないからじゃあない

あなたがゴキブリを殺す殺虫剤を、それを床に撒くことをさっき、さっき射精に例えたからなんだ、例えたよね、なんでゴキブリ殺すための液体をさあ、射精に例えたの？　そりゃあ一人でオナニーして射精してさ、ティッシュにくるんで捨ててるあなたには、それはゴミと変わらないのかもしれないね、いらないものかもしれないね、でも私、あなたの精液、口に入れたことあるよね、たまに気分が乗ってたら飲んじゃったことだってあったと思うよ、そりゃあ私達は、今、避妊してるけどね、コンドームで、スキンで、スキンレススキンとかいう矛盾だらけの名前のラテックスの膜で、あなたの精液は私の膣や子宮と遮られている、隔てられている、直接、触れることができないでいる、今はそうだけど

いずれもしかしたら膜で隔てることをもうやめて、私の体に入ってくることだってあったかもしれない、それが私達の、二人の意志にせよ、意志とも呼べない曖昧な、勢いだったり、若気の至りとかだったにせよだ、それで生命は誕生したのかもしれないんだよ、できちゃった結婚とかだって、それはそんなに悪いことじゃないかもしれない、悪いと言うか、愚かなことではないのかもしれない、愚かでも構わないのかもしれない、明確な意志や計画とか、それが正しいことなら、人は離婚なんてしないでしょう？　不倫なんてのもないんじゃない？　だからさあ、そういうさあ、私の、意志とはとてもみなすことのできないような、まるで偶然みたいな、運みたいな、運がいいのか悪いのか

わかりかねても、わからないままで、その運とやらに、あるいは成り行きにまかせ

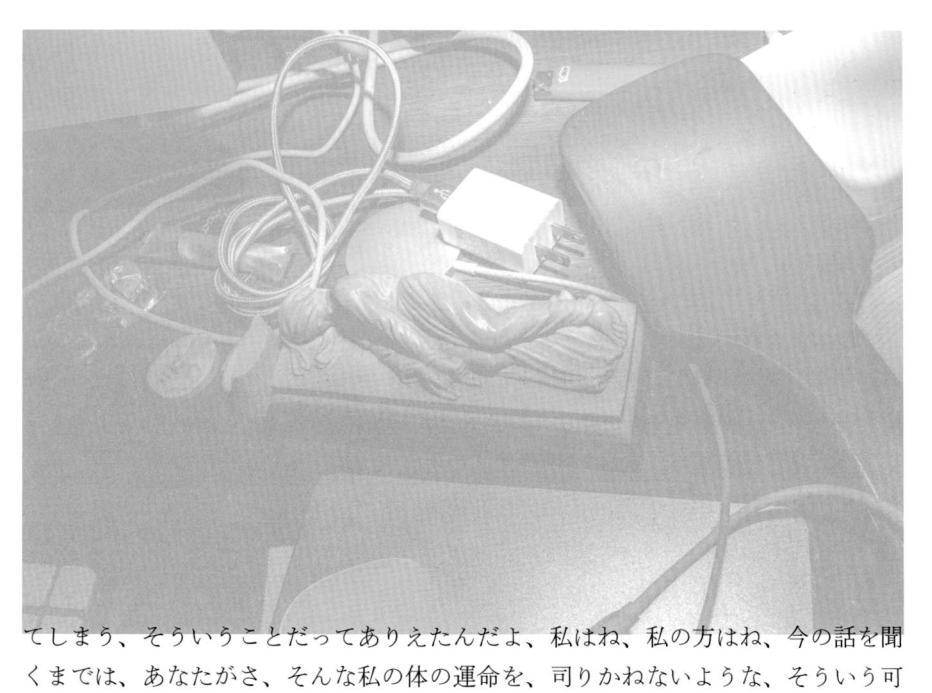

てしまう、そういうことだってありえたんだよ、私はね、私の方はね、今の話を聞くまでは、あなたがさ、そんな私の体の運命を、司りかねないような、そういう可能性が詰まった液体をね、自分のオナニーでの射精のことしか思い描かず、つい殺虫剤に例えてしまった、例えやがった、そんな例えを聞かせるのなら、私の性器に触れてほしくはない、ないの、ないです

電車まだあるよ

これは小説だ

小説だろうか？　わからない、私には小説というものがわからない、小説とはなんだ、自分がそれを書くということはいったいなんだ

それはつまり、この私にとって、この自分にとって、小説が、もしかしたら小説かもしれないこのような文章が、文章という、少なくともひとかたまりの言葉の連なりが、そしてそれが収められ、他者が手にする、そう、本などというものが、この世に生まれ、存在する、ということの、私にとっての意味について考えてみる

お前にとってどうか、などということは、お前の問題だ、そうかもしれない、しかし私はやはり、どんなことも、私にとってどうか、という起点でしか考えられない

そしてここにこうして書く以上、たとえ微かにでも、自分にとっての価値の感触のようなもの、それがなければ、やはりとうてい小説を書く、などということはできそうにない、この私には

そして、今、ふと思った、思うことができた、ひとつの考えが頭に浮かんだ、果たしてそれが、これが本当のことなのか今はまだわからない、しかし、私にとっての本当、とでもいうべき感触の、その入り口だけでも見つけない限り、私はきっとこれ以上、書きすすめることができない、おそらくできない、それを本当と感じるかどうか、書いてみればわかるかもしれない、書いてみる

人のようだ、と思ったのだ

なにがかといえば、本というものが、たとえば小説というものをそこに蓄え、いつでもそれを、まるで私が読みたい時に好きに読めるかのような顔で、私の本棚に並んでいる、あの本たち、その本が、本というものが、私には、どこか人のように、まるで生き物のように思えたのだ、そうか、そうなのだな、ついさっき、私はそう思ったのだ

この世には無数の本がある、無数の中で出会えた本があり、出会わない本がある、出会うことができた本のごく一部が手元にある、それは机の横に積まれている、本棚に並んでいる、そこにいるその人のことを、人たちのことを、私はどこかに惹かれて手に入れたのだ、そして是非知りたいと、少しでも知りたいと、あるいはそれがいったいどんな人だろうかと、強く、強く想像したり、私はする

しかし、読むということに、読者として読むということに、私はすぐに移れない、どうしてか、なかなか移れない、わくわくと、しかし遠慮がちに、おそるおそるぺ

ージを開く、ちらりと読む、ページを閉じる、次にまたいつ開くのか、わからない、明日なのか、何年後かもわからない、何年もかかり、しかし再び、読み始めたりもする、私から声がかかるのを本たちが、待ってるように感じるときもある

どうやらそれは、本が人だから、人だとして、それは一人の他人だから、それは一匹の生き物だから、生き物のことは読めないと、決して読むことはできないと、私が感じてるからだと思う、いや、これはいったいなにを言ってるのだろう私は

しかしこの感覚は確かに私にある、だとしたら、そうなのだとしたら、それならこの今、書いているこれを、こうして書かれ、生まれつつあるこれを、私はどうしてもらいたいというのだろう、他人というものに

わからない、本当の意味で私はわかっていないのだ
わかるまで、私は本棚の本というもの、あの言葉の詰まった固まりと、そこに確かに生息している生き物と、ただただ向かいあっていたいのかもしれない

あ、今日もいる、と感じつつ、こっちを見たな、と感じつつ

人という生き物は、どうして生まれて来たのだろうか
生まれて来る、生まれて来たこれに、いろいろな何かが詰まっている
これをどうしてほしいと思うのだろう
誰かに、他人というものに

誰とどのように関わりたくて、この体には、こんないろいろが詰まったのか
これが、こんな体が、形成されたのか
いろいろな、たんぱく質とかで
焦げるとあの匂いのするたんぱく質とかで

あとの半分以上は水だともいう
水分をとても多く含むので、燃やし尽くすのにも時間がかかる

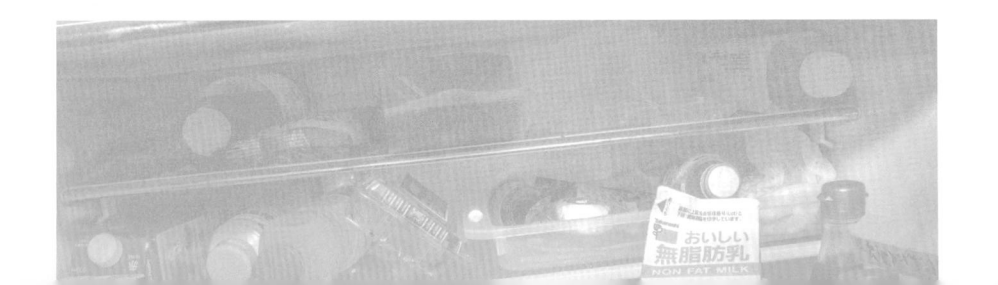

48
アリクイ

アリクイは、蟻を食うからアリクイという
地球上の生物の中で、最もたんぱく質を多く含むのは昆虫で、ゆえに蟻ばかりを食べるアリクイは、非常に高たんぱくの食事をしていることになる

アリクイ以外にも、蟻食に特化した哺乳類はけっこういる、南米のアルマジロ、オーストラリアのハリモグラ、アフリカやユーラシア大陸のセンザンコウなど、彼らは皆、蛇のように長い舌を蟻の巣穴に差し込んで蟻を舐め取ることをするという、しかしそれなりに大きな体で、1日にいったいどれほどの蟻を食べるのか？

センザンコウの体を覆う、あのべっ甲のような飴色のウロコは、主にアジアで粉末

に、味方として電気される。自から目には見えはしないがニャアトム＝キャアトムの外情報回
様、ほとんどキキン質のように見えるのだが、実際の成分は人間の汗と同じ川や海の水と同
じクラシとかいうものほどく質で、いちばんロシの水の体積なのだろう

囃れてなくとも、真中のえを有する哺乳類としてニャアトリなものがあげられる、ハ細
から花期を桜め、一晩で体重の半分ありの脱糞を排食する＝すのわりなりるという、そ
う選んてくれたのは、たべへよいう風様だった

49
蟻の部屋

たっくんのフルネームは、島田拓、今ではアントルームという、自ら採集した蟻と蟻の飼育キットの専門店を経営しながら立派に生計を立てている、そんな職業がこの世にはあるのだ

知り合った頃、たっくんは16歳だった、私は35歳を過ぎていた、もうトイレで暮らしてはいなかった、掃除のバイトもしていなかった、1995年の震災から半年ほど経った頃、私は動物堂という名の動物販売店を始めていた

いわゆるペットショップということになるのだろうが、ペットショップとは名乗らなかった、そこには犬も猫もいなかった、では何がいたのかといえば、犬猫以外の哺乳類、つまりは獣たちがいた、場所は東中野駅の近くだった、一階はコンビニ、確かファミリーマートで、そこの半地下にその店はあった、隣は日焼けサロンだった、コギャルだのヤマンバだのという名前が生まれた時代だ、半地下に向かって降りる階段の途中には、人工の光で肌を焼いた女子高生たちが座り込み、平気でパンツを見せながら化粧直しをしていた

そんな動物堂に、たっくんは客として頻繁に通っていた、まだ高校一年だったと思う、やがて放課後ここでバイトできないですか？　と言い出した、彼は昆虫やコウモリに異様に詳しく、それらについては、哺乳類のことしかわからなかった私の何倍もの知識と飼育経験を持っていた、私は即座に雇うと決めた、店の一角に白い本棚を一つ設置し、その本棚一つを、彼が選んだ生物の、飼育と販売スペースとして任せることにした

やがてその本棚は、たっくんコーナーと呼ばれるようになった、誰が名付けたわけでもなかった、そうやって名前は決まっていく、アリジゴクはいつから蟻の地獄が正式和名になったのか、アリジゴク、マイマイカブリ、オサムシ、シデムシ、キクガシラコウモリ、そんな名前を人間たちから付与された生き物たちが、たっくんコーナーに並んでいった

ハリガネムシもそこにいた、ハリガネムシは確かに針金のように細かった、これはカマキリの腹の中から出てきたんですよ、まだ生きているでしょう？　今はこうしてシャーレの中で、薄めたブドウ糖液の中で様子を見てるんです、たっくんは私にそう話してくれた

ハリガネムシは、主にカマキリやカマドウマなど、昆虫に寄生する寄生虫である
宿主が死ぬ時、その腹というか尻から、彼らはニョロニョロと這い出てくる
その習性は驚くべきものだ

ハリガネムシに寄生された昆虫は、なぜか水を求めて川へと向かってしまい、自ら
水面に落下する、まるで自殺だ、水に落ちたその虫たちは、フナやハヤ、イワナな
どの川魚に食べられる、死にゆく虫から、川に這い出たハリガネムシは、水中で卵
を産み繁殖し、同じく水中で暮らすトンボやカゲロウの幼虫などに食べられる、彼
らを食べた幼虫は、やがて羽化して成虫になり、水から飛び立ち、それを野で捕食
したカマキリやカマドウマなどが、次なるハリガネムシの宿主となる、そして宿主
となった彼らは、いつのまにか川へと向かい、川で魚の餌となる

こうやってハリガネムシは、まず川で、川の虫の体に潜み、それを食べる野の虫に
潜み、その虫を、再び川へと導くことで、まるで川の魚を養っているかのようだ、
ここには単純な食物連鎖を超えた、利害のよくわからない、不思議な循環のような
ものがある、この循環を操っている、中心はいったい誰なんだろう？

51
寄生

私の体内に寄生するものはあるか？

私は今、こうやってこれを書いているが、この私の考えは本当に私の考えか？

私は知らないうちに何かに寄生され、このようにしか考えられない、このようにしか書けない、知らぬうちに書いてしまっている、川へと導かれてしまっている、そのようなことはないのだろうか？　私は果たして中心か？

ギギ、ギギ、ギ、ギギ、ギギ、ギ、ギギ
それはほとんど一定の、小さな音、小さな鳴き声、とても小さな声だった

生まれ変わっても、また人間になりたいですか？

サバクトビバッタ **54**

ちょうどコロナのパンデミックが地球全体を覆う頃、エチオピア、ケニア、スーダン、ソマリア、イエメンなどで、サバクトビバッタが大量発生したという

農作物が食い荒らされれば飢餓が訪れる、バッタを網で捕らえて唐揚げにして飢餓に耐えようとする人もいる、やがて3年ほどで、バッタの群れは消滅したという、コロナもやがては収まるだろうか？ 収まるだろう、自然の合理に照らしてみれば、なにかに寄生するものが、宿主を殺し尽くすことは決してないはずだから

日本では昆虫はポピュラーには食べない、しかし昔、昔というのは私が子供の頃、

ほんの50年ほど前の日本のことだが、イナゴの佃煮はどこでも売られていた、貴重なたんぱく源だったのだろう、私の家の食卓にもイナゴは出された、しかし私は生きているイナゴを見たことはない、未だにない、バッタの仲間だろうとしか捉えてない

多くの人は、食べ物を通じて他生物の姿を知る、すでに相手は死んでいる、さらには調理されている、私は泳ぐマグロを見たことはない、マグロの一本釣りならテレビで見た、釣られたマグロは大きく重そうだった、100キロとか100万円とかいう声がした、テレビの中で、映像で、回転寿司のつぶ貝、赤貝とかはどうだろう？ その容姿、生態を知っている人はどれほどいるか？

佃煮のイナゴは茶色かった、佃煮はどれも茶色だ、あれは醤油の色だろう、イナゴの味と言われても、佃煮の味としてしか記憶してない、甘じょっぱくて、歯ごたえがあった、それを私は美味しいと感じた、好んで食べていたとも言える、その1匹1匹を箸で摘んでよく見れば、それは確かにバッタだった

バッタ特有の後ろ足、地面を蹴る太い2本の足が、口の中でジャリジャリ砕ける食感があった、しかしバッタということは、もしや生前これは緑色だったのか？ 草原でぴょんぴょん跳ねてる緑色のイナゴを見たら、私はそれを食べたいと、美味しそうと思うだろうか？ 思わないだろう

私の美味しそうは、いつどこでどうやって形成されたのか？ たぶん子供の頃の食

卓だろう、私の親がそこに並べたもの、私が当たり前に口に入れたもの、お腹すい
たー、ご飯まだー、と親に向かって求めたもの、では私の親は、なぜそれをそこに
並べたのか？ それは私の親の、そのまた親が、並べたのだろう食卓に、どれもこ
れもが、その時代、その地域での定番のようなものであっただろう

私の美味しそうは、それだけのことで形成された
バッタは群れだが、人間もまた群れなのだ

55
地面

結局、僕は、僕という人間は
彼女が根を下ろす、地面に、なれなかったんですよ

その顔は、諦めたような、苦しいような顔だった
声には、小さな怒りが、かすかに混じってるようにも聞こえた
彼にかける言葉を探した

うーん

大人になってから、出会った他人というものが
誰かにとっての地面になるなんて、誰にもできないんだと思うんです

聞いた話はこうだ
彼女は、オランダから日本を訪れた、互いに20代の頃だった、日本で出会い、結
婚をした、そこから30年を超えて二人はパートナーとして暮らし続けた、第二の故
郷という言葉があるが、彼女が母国で育った時間より、日本で自分と暮らした時間
のほうがもう長いんです、ならば、いまさら日本は異国じゃないじゃないですか、
じゅうぶんに、もう一つの故郷だと思ってたんです、彼女にとって

そう、彼は、そう思っていた
しかし彼のパートナーは、治る見込みのない病に伏した妹を見舞うために、本当は
看取るためだったのだろうか、一時の約束で母国に帰った彼女から、突然メールが
届いたという

そっちにはもう帰りません
日本には、帰りたくなくなりました

全く予期できなかったのだろう、彼は心底、驚いているように見えた、予期できな
かった自分のことを、ひどく責めているようにも見えた

56
刷り込み

彼の言う地面とは何だろう？
それはつまり彼女が根を下ろすに値する、基盤、土台ということなのだろう、彼は
自らが、自らとの長い時間が、彼女の土台に値することを願ったのだ

しかし、生物にとっての土台は、生まれてすぐに与えられ、そこでもう何かが決ま
る、気がつけばもう土台に根は下ろされている、自分が育ってしまっている
これを刷り込みというのだろう

自分がいったいなんという種か？　人間なのか？
それでさえ、生まれた後に同種の姿を見ることで、実際的には、親や兄弟と過ごす
ことで、後天的に刷り込まれたものだという
あるいは自分の性がどのようなもので、どのような性の相手を求めるのか？　それ
も刷り込みの時間の中で決まるのだと

これはその後に訪れる、学習とはまったく異なる、学習は可逆的なもので、やり直
しがきくが、刷り込みは不可逆であり、やり直せない、それはそうだろう、一度人
間であると刷り込まれた私が、後に私はタコである、などというのは比喩にすぎな

い、私がタコではないことを、私もあなたも知っている

しかし生まれた直後は違うのだ
狼少女の事実が示すように、実は、私は人間として生まれたわけではない
生まれた後で、人間に、なったのだ

腹が減る、無性に何かを食べたいそう思う、確かに、ここまでは本能だろう、次に
私は、食べたいものを食べたいと思う、では私は何が食べたいのか？

犬を見る、私は食べたいと思わない
猫を見る、カラスを見る、やはり食べたいと思わない
しかし私はタコを食べることをする、納豆を食べることもする
肉や野菜を普通に食べるが、蟻やサボテンを食べたいとは思わない

これは本能でもなければ、学習でもない、私にそう刷り込まれたのだ
気づくと私はこうなっていた、やがて私は言葉を話し、文字を書き、こうして言葉
で考えている、私の場合は日本語で、こうして何かが決定されて
私は人になっていく、私は私になっていく

それは同時に、他の何かを失うこと、不自由ということでもある
一度、私になってしまえば、もう別人になれる自由はない、たとえば私に大阪弁が
刷り込まれるということは、秋田弁が刷り込まれる、その可能性は失われたという

ことだ、それは学習とは違うのだ、日本の風土が刷り込まれれば、ケニアの風土は刷り込まれない、せいぜいケニアに旅行して、アフリカのリズムいいっすねえ、などと下手くそに踊るくらいか

私は砂漠で暮らそうともしなかった、熱帯雨林で暮らそうとも、氷河に囲まれてアザラシを食べて生きようともしなかった、私とは、こんなにもローカルな、刷り込まれた世界観に従順な、限定された生き物なのだ

生まれ育って身につけた、人の暮らしをやめようともしなかった、たかがトイレで暮らしただけだ、そこには電気も水道も鏡もあった、認知せずとも小学校に娘を行かせ、風呂にも入るし、風呂から出たら服も着る、裸足で街を歩けない、こんな長さで髪も切り、ヒゲトリマーでヒゲも剃る、地蔵を蹴ることがどうしてもできない、正月には神社でパンパンと2回、手を合わせてしまう

私が、私であるということ
それは私が、別のなにかである自由を捨てて、この私であることの不自由を、生涯、受け入れることに他ならない

ならば、受け入れて暮らすこの日々を、肯定して生きるしかないではないか、それが人の幸せなのだ、そうかもしれない、しかし、私がここでしてるのは、そういう話ではない、似ているようで少し違う、なにかのこと、それについて私は今、話している

私は私に、閉じ込められている
私という不自由に、閉じ込められて生きている、しかし生き物としての体の中には、
私が生きたかもしれない、別の誰かが眠っている、私が私になる前の、まだ何者で
もなかった生き物のことを、私の体は覚えている、それは私の中で眠り続けている、
生き物は皆、それを抱えながら生きている、私が話したいのはこのことだ、誰しも
が、別のなにかでも、ありえたのだ

ありえた自由を抱えたままで、私は、私の不自由を生きていく

私というこの不自由
大丈夫、それはいつまでも続きはしない
個体の命は続かない

さようなら、私
私が消え、新しい別の個体が生まれてくる、そうやってしか、種は生き延びない

続かない

なぜだろう？　このとき生き物は、自分の複製を作らない、作れないようにできている、自分に、自分ではない誰かを混ぜない限り、新しい命を作れない、この私も、そうやって作られた、だから私も、混ぜることをした、私と誰かを、半々で

私が、不可逆に固定されてしまった、私という不自由を抜け出して、私ではない何者かになっていくチャンスは、こうやって訪れる、これは生殖に限らない、自分を超えた何かを作る方法は、自分に、自分でないものを混ぜること、きっとそれしかないのだろう、どうやらそれが進化をもたらす唯一の方法で、地球上のすべての生き物が従ってきた、大命題ということらしい

彼女は今、自分の土台へと帰ったのだろう
自分を育てた土台に張られた、自分の根を、ゆっくりと確かめているのだろう
それはそのまま、彼女と彼が、異なっていたことの
まったくの別人であったということの、確認ですらあるだろう

別人と、別人が、出会い交わり、混じり合う
その交わりは、決して、楽なものではないのだろう、安心なものでもないだろう
土台から、人としての成り立ちから、異なっているのだから
それはたやすく誰かと、交換などできないのだから
しかし交換できないということは、交わらない、ということとは違う

待ち続けてみます、と彼が言う
彼女がどうするのか、私にはわからない
どのような選択であれ、それでいいのではないかと私は思う
僕が向こうで暮せばいいのかなあ、彼が言う
できるんですか？ 私が尋ねる

別人とは、もしかしたら
その人の、ありえた、もう一つの姿かもしれない

58
異種

人間は雑食だと言う、肉も食べれば野菜も食べる
この世には肉しか食べない動物もいる、草しか食べない動物もいる、しかし、どちらも体の構造にさしたる違いはない、驚くべき事実である

骨があり内臓があり筋肉や血管があり皮膚がある、皮膚から体毛が生えている、頭部には脳があり、目や耳や鼻や口があり、肛門があり性器があり、呼吸をしたり消

化をしたり、感知したり判断したり、排便したり交尾したり

それらのすべてを、草しか食べない動物は、草から得る、肉しか食べない動物は、肉から得る、いったいこれはどういうことだ？ どちらを食べても同じような成分を得ているのであれば、草と肉、その構成要素に、さしたる違いはないということか？ だからなのか、雑食だという人間は、牛乳を飲んだり豆乳を飲んだり、突然ベジタリアンになって豆腐ハンバーグを作ってみたり

しかし何を食べても同じような成分を得て、それで体を作ることができるのならば、食べることが可能なものに、どうして種ごとの、制限があるのだろう？

私が山で遭難したとして、あたり一面に植物が生い茂っていたとして、私はそのほとんどを食べることができないだろう、ゆえに私は飢えるだろう、それでもやはり、野の草や木の葉を、キリンのように、羊のように、私は食べることができないでいる

こんなにも固有の制限が、なぜ、それぞれの生物に割り振られたのか？
この制限は、なんのために、誰が植え付けた制限なのか？

そして食には、さらなる制限がある
これは究極の命題とも言える
なぜ、私が食べるものは、どれも他生物の命なのか？

人間だけではない、あらゆる生き物が、他生物の命を、他種の体を、自らの栄養とするために食すのだ、この残酷ともいえる仕組み、これはいったいどういう、なんのための仕組みなのか？ 誰がそのような采配をしたのだろう？

神だろうか？
神か、それでもいい
まあ神だとして、ではなぜ神はこのような仕組みを、食の呪縛のようなものを、すべての生き物に向かって授けたのか？

私はずっと考えている、考えて来た、考えていたら還暦を過ぎてしまった、もうじき私は死ぬだろう、これもまた制限、神の図らいだろうか、こうして個人の命は必

ず終わる、ほとんどの生物は、他生物に食されることで命を終える、そして新しい命は、他の個体との間にしか作れない、これらがすべて神の采配、言い換えるなら自然というものの合理であるなら、その合理の意味とは、いったい何なのだろう？

それを考え続けるということが
私にとって、私の宗教であったと思う

60 救い

人の社会に、かつて宗教があったとして、それが機能してたとして、切実に機能していたとして、あらゆる生命にとっての大前提である、自然の合理、その合理ゆえの酷薄、非情、残酷に、人間の精神が耐えられないとして、耐え難かったとして

救いが宗教だったのだろう
布教のために異国から来た外国人、そんな異人が口にする異国の宗教にさえ、なぜ救われると感じたのか、繰り返される拷問にも転ばないほどの、決して踏み絵を踏めないほどの、強固な信心を抱けるほどに、事実、宗教は機能してたということだ、が、しかし

今、宗教が機能しているとは思えない、今、人間の社会で機能してるのは、人を救うとされているのは、人権という言葉、つまりヒューマニズムだけではないか？ヒューマニズムはその名の通り、人間の人間による人間のための、人間が編み出した考えであり、人間のことしか勘定にいれていない、宗教はその内側にはないだろう、むしろヒューマニズムの外にこそ、宗教はあると私には思える

人である私が人の世を、なんとかつつがなく生きていく、人間同士が人間社会を、せいぜいフェアに生き延びていく、そのためだけの術、それは私を少しも納得させない、私はそこに宗教を感じない、それは私にとって宗教にはなりえない

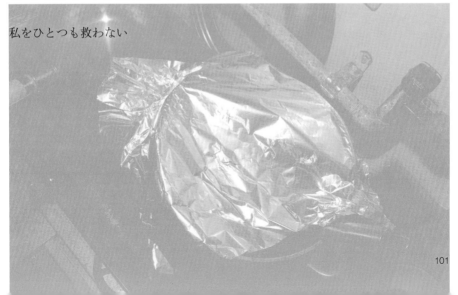

私をひとつも救わない

61
翻訳

彼の声を、その小さな鳴き声を、翻訳するようになったのはいつからだろう、あの日は月が明るくて、アパートの二階の角部屋の、電気を消すと、窓から月の明かりがカーテン越しによく入り、街路樹の影が、夜の木の影が壁にはあって、影は時折の風で揺れていた

そうやって電気を消して、私は月明かりだけで時間を過ごした、だからだろう、私は音を聞き分けられた、耳を澄ませば聞こえてきた、小さな音、私の鼓膜をほんのわずか振動させた、微かな彼の鳴き声を

はじめ、それは足音だった、たぶん足には毛が生えていた、毛というか、それはギザギザとした、触角とはまた別の、でもそのギザギザで周囲の情報を捉えるのだろう、そういう触角としての機能を持った足、足の数は多かった、足は全部で6本あった、前に突き出した最初の2本、大きく外側に向かって伸びた最後の2本にギザギザは多かった、そのギザギザが、私の部屋のキッチンの、ゴミ箱の脇に置いてあった、薄くて白いコンビニの袋に触れたのだ

カサッ、という乾いた小さな音だった
それでもじゅうぶん、その夜の私の鼓膜に、その音は届いたのだ

62黒

浩子は、息を殺して月明かりの中、音の方を見た

ぼんやりと光る白いコンビニの袋から、それは姿を現した、袋の下からキッチンの
シンク沿いに這い出てきた、それは黒かった、ぼんやりとした月明かりの中、彼は
影のように真っ黒だった

蠅は黒い色に集まるという、果実が腐った箇所から黒くなる、その黒を蠅は目指す
のだと、ならばゴキブリが黒いのは、闇に擬態してというより、腐敗に擬態しての
ことなのか

母親の乳首は授乳期に黒ずむ、赤子の未発達の視力にとって、黒が目印のように機
能する、しかし胎児の頃は視力ではなく、舌で外界を感じるのだと、エコー映像の

中で、胎内にいる私の娘が、子宮の壁をベロベロと舐める様をみながら、医者は言った、外界に出たら、黒を目印に、舌で乳首を探し当てるんですよ

触角が、彼の体の脇に、体と同じくらいの長さの触角が見えた
昆虫には鼻がないという、かわりに触角には触毛という細かな毛がびっしりと生え、触毛で匂いを捉えるという

目はどうだろう、虫の目に世界はどのように映るのだろう？　複眼と呼ばれる虫の目には、動くものの姿だけが映るというのは本当だろうか、虫にとって動かないものは、この世に存在しないということなのか？　人間の目は2つだが、静止した画像も捉えることができる、それどころか人は絵を描き、写真を撮り、静止した1枚に、まるごと世界の様子を収めようとする

彼は今、止まっている、虫とは違う浩子の目には、動かない黒の背中が、月の明かりを受けて、光っているように見えている

ゴキブリだ

浩子にはすぐにわかった、これまで浩子が見たゴキブリも、みんなテカテカと光って見えた、黒光りという言葉がぴったりだった、だから昔はゴキブリのことを油虫と言ったのだろう、浩子の母親もそう呼んでいた、油虫、誰の母親でもいい、よってたかってそう呼び合って、それが名前になってしまった、全身が、油を塗ったよ

うだから油虫、それもゴキブリが忌み嫌われる理由のひとつだろう、彼らがあんな
テカテカしてなくて、表面がもっとマットであれば、ここまで嫌われてなかったか
もしれない

いや、なによりあの動きだろう、速すぎる、予測ができない、避けることができな
いボクシングのパンチとはああいう速度か、動体視力という言葉が頭に浮かぶ、そ
のあげく、ゴキブリは急に飛ぶ

背中に羽があるのだから、当たり前なのかもしれないが、人間にとって虫が飛ぶと
いうのは、蝶やトンボや蜂や、蠅や蚊や、飛ぶべきものが飛ぶのは良い、飛ぶもの
は、飛ぶしかない姿をしている、それらは地面や床を走ったりはしない、しかしゴ
キブリは違うではないか、なにより床を走り回るではないか、それも十分な速度を
もって、その速度のもつ不気味さは、家の壁を走るアシダカグモ、地面を這う蛇や
ムカデに通じる不気味さだ、どこに向かうのかわからない、人間には予測できない
彼らの走り、その予測不可能が怖いのだ

そうやって床を走るだけでも怖いのに、ゴキブリはいきなり止まり、そして飛ぶ、
もはやそれは恐怖というか、ゴキブリが室内で空中を飛んだ瞬間、多くの人はパニ
ックになるだろう

俳句では、油虫、夏の季語だって聞いたけど、それってゴキブリで間違いない？
だって彼らは人から、あまりに遠いよ

シンパシーの外にいる

浩子はそう、思っていた

63
ゴキブリ

日本にはおよそ60種のゴキブリがいる、すべてが都市に生息するわけではない、都市に生息するのはわずか10種ほど、代表的なものとして、最も一般的なクロゴキブリ、最大種であるワモンゴキブリ、飲食店のテーブルの上でも見かける小型のチャバネゴキブリなどが知られているが、他の多くは森林で朽木などを食して暮らす、実は人間には無害な昆虫である

屋内に生息するゴキブリは、不快害虫と呼ばれている
その主な害とは、人に不快を与えることであるらしい、存在自体が不快だという、それだけの害、それだけが罪

彼が、こちらに向かってくる
部屋の中を、まっすぐに、私のいるベッドの方に

ベッドと床には15センチほど隙間がある、私はいろいろなものを突っ込んでいる、その15センチの隙間を目指して、彼は進んでいるように見える、考えたらそもそも彼はそこで暮らしてて、私が部屋の明かりを消す前は、明るい時は、いつもその隙間に隠れてて、とっくにそこに住んでいて、つまり彼はスクワッターで、寝転がってる私の頭のちょうど真下あたりには、彼の家のようなものさえあって、私がさっき電気を消したから、それで家から出て来て、今日の活動を始めたのかも？

え、ずっと、昨日までも？
それとも電気を消してから、私はしばらくのあいだ窓を開けていた、月見でもしようか、月明かりが気持ちいいし、静かだし、部屋の空気を入れ替えたかった、あの時だろうか、あの時、初めて彼は、開けた窓から私の部屋に、入ってきた？

こちらに向かってくる
どうしよう、あ、止まった、動かない、息が詰まる
いったい何を考えているのだろう、あの虫は

考えないか、ゴキブリは何も考えないか

それともこういう、生き物の中で人間だけがものを考えているという、この考えこそが奢りなのか？　なんて私は何を考えているのだろう

まだ動かない

こちらを、私のことを、見てるのだろうか？　私は彼のことを見てる、私から見られていると、彼も気づいているようにも見える、そうか、だから動かないのか、動けないのか

彼も私をじっと見て、動かないな、と思ってるのかもしれない、私の次の行動を、読もうとしているのかもしれない、人間が、私が今から、自分を駆除しに、つまり殺しに、殺すために、近づいて来るのかどうか、私のことを、私の心を、測っているのかもしれない、彼は今

65
鳴き声

ギ、ギギギ、ギ、ギギギ、ガガガ、ゴゴゴ、ギギ、ガガガ、ギ、ガガガ、ゴゴゴ、

ガガガ、ギ、ガガガ、ギギギ、ゴゴゴ、ガガガ、ギギギ、ゴゴゴ、ギギギ、ガガ、
ギギギ、ゴゴゴ、ガガガ、ゴゴゴ、ギギギ、ガガガ、ギギギ

66
翻訳 2

鳴いた？　ゴキブリ、今、鳴いた？
もし鳴いたのがゴキブリなら、浩子はゴキブリが鳴くのを初めて聞いた
幻聴だろうか、鳴いたのは本当に彼だったのだろうか？

ゴキブリ、鳴く？
他に生き物の気配はない、気配はやはりキッチンのコンビニ袋から、浩子のいるベッドへと向かう直線上、ちょうどキッチンと寝室の境目あたり、ふすまのレールの凸凹にさしかかったあたりを中心に、赤外線の画像で見たら、そこだけ色が違うというような、静かだが、そこだけは気配が濃い、生き物の、虫の、気配のような、影のような、溜りのような、どうみても、今の声は、その場所から発せられた、ガギグゲゴを中心とした濁音だった、少なくとも浩子の耳にはそう聞こえた

殺さないで

お願い、どうか僕を殺さないで
そう言ってるようにそれは聞こえた

殺しなよ
ぜんぜん殺していい
そう言ってるようにもそれは聞こえた

耳を澄まして
全身で翻訳に集中する

もちろんキミが僕を殺そうという行動に出たら僕は逃げるだろう、殺されないように、できるだけ殺されないように逃げるだろう、足は速いし飛ぶこともできる、結果はつまりキミ次第だね、どちらかといえばキミの身体能力、俊敏さ、それしだいということだ、見たところキッチンに殺虫剤のスプレー缶はない、あったら僕にはすぐにわかる、独特の匂いが缶の外に漏れ出している、そのくらいはキャッチできる、そのためのこの長い触角だ、鼻はない、しかし触角が匂いを察知する、匂いも物質なのだとキミは知ってるだろうか？ 物質だから、触角で触れることができるんだ、もちろんキミは今日は何もせず、明日、部屋中にバルサンをたくという方法もある、そうしたらたまったものではない、僕は間違いなく、この部屋にいたら死ぬだろう、うまく煙を吸い込まずに外に逃げられたとしても、当分のあいだ、この部屋には近づかないようにするだろうよ、いずれにしても、そのようにして、何らかの方法で、キミが僕を殺そうとする、その行動は間違ってはいない、おかしくな

い、キミにとって、きわめて合理的な行動だ、だからどうぞ僕を殺せばいい、殺し
なさい

そう言ってるように、浩子には聞こえた

67
神様

僕、神様に会ったことあるよ
それからゴキブリは、彼は、いきなりそう言った

68
質問

神様に？　神様に会った？
それってどういうことですか？

どうやったら神様に会えるんですか？
この私でも会えますか？　神様に

ゴキブリは例によって、ギ、だとか、ガ、だとか、主にガギグゲゴという濁音を多用して答えてきた、多用して鳴いた、合間にカサッという軽い足音も混ぜた、浩子は必死にそれを解読した、母国語に、浩子の母国語の日本語に、翻訳しようと試みた

69
回答

考えない

そんなことは何も考えない、考えるのは人間だけだ、なぜなら人間には神様がいないからだろう、神様から見放されたんだ、お前らは、だからそうやってあれこれ考える、僕たちは考えない、生まれてきたので生きているが、生きているといっても、キミたちがクロゴキブリと名付けた僕らの、僕の寿命は残り6ヶ月ほどだ、つまりあと半年間、キミに殺されず、うまいこと生き延びて、交尾して、子孫を500匹は産みたいところだが、しかしこの東京という生息地において僕らの数が、もしも一

定であるとするならば、それを生息数とするならば、仮に2匹で500匹産んでも、次の子孫を残せるまで生きるのは、原理的には2匹だけということだ、498匹がそうなる前に死ぬだろう、単純計算すればそうだ、そうでなければ増えすぎるということだ、つまり500匹を産んだとしても、生まれてほとんどはすぐに死ぬ、死ぬようにできている、僕も生きれたとしてあと半年だ、どう思う？

や、どう思うっていわれても

うん、僕らもどうも思わない、決めたのは神様だから、僕らは神に従って生きているんだ、いつも傍らには神がいる、でも浩子は違うだろう、キミは違う、キミたち人間は違うだろう、お前はもう神様から見放されたんだ、かわいそうに、この地球で唯一の、無神論的な生き物だ、だからいろいろ考える、すぐ考える、ほらそうやって考える、かわいそうなこった、ご苦労なこった、キミたちには信仰がない、信仰のかわりに考え続ける、そうやって、意味や、価値や、幸福や、不幸について、思い悩み、考えるだろう、キミは考え続けるだろう、死ぬまでね

地球はやがて、太陽に飲み込まれ、消滅する
科学的に立証済みのことだという、科学凄い、そんな凄い科学を、科学的な事実を
私が知ったのは、なんと50を過ぎてからのこと、確か52歳になった頃だ、慌てて周
りの人に聞いてみた、なんと大半の人がそれを知っていた

驚いた、地球が消滅することにも驚いたが、皆が知っていたということにも驚いた、
小学生の頃に読みました、あれは何でしょう、科学と学習みたいな、そう学研の、
そういう、なにか天体というか宇宙の特集号みたいなものですかね、読んだような
気がします、知人はそう言った、平然とそう言ったのだ、え、じゃあ、未来って言
葉、どういうふうに、どういうふうな気持ちというか心持ちで、あなたは口にして
るんですか? だっていつか、まさに未来、地球はなくなる、つまりは人類という
か地球上の生命はすべて消えるわけですよね? 未来、それを知ってて、わかって
て、そんなビジョンを念頭に置いた上で、未来って口にしてるわけですか?

未来へ、未来に向けて、未来の子どもたちに
だって未来、子どもたちなんて存在しない、子供どころか誰一人、すべての人間、
すべての生物が地球と共に消えてなくなるならば、そういう未来、そんな未来に向
かっていったい、何を心がけたらいいのだろう

や、でも、それは本当にものすごい先の話なので、今それを考えても仕方ないとい

うか、まあ今はそういう学説が主流というか、まあそれは事実？　というか定説？
みたいなものだと思うんですけど、あくまで説なので、必ずしもその通りになると
は限らないですしねえ、それこそ未だ、来ていないから未来なわけで、ですから確
かなことは、誰にも、なにも、わかりませんからねえ

知人は言った
彼にも子供が一人いた
私は、それ以上は聞くのをやめた

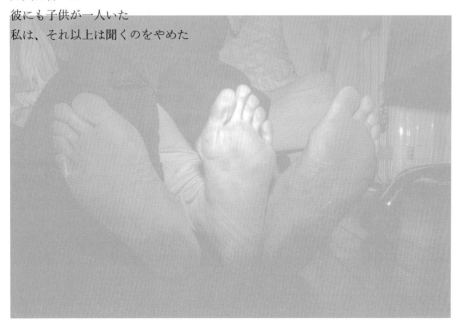

71
文字焼き

寺子屋の軒先で、子供たちが、薄く溶いた小麦粉を伸ばしている
それからそこに、指で、未来と書いた

焼き上がるのを待っている、未来が焼けていく、未来が焦げている、その匂い
焼き上がったら子供は未来を食べるのだろう

未来ではない
小麦粉だ、収穫され調理しやすく製粉された、真っ白い小麦粉の匂いだ、小麦粉は主に炭水化物だ、具はタコか、タコではない、タコだとタコ焼きになってしまう、これはあくまでもんじゃ焼き、タコ焼きとは差別化を図りたいのか、もんじゃ焼きにタコが入ることはあまりない、しかしイカならある、あとはエビ、それから豚とか鶏の卵とか、江戸時代はどうだったのか、カツオを干して硬くして、鉋のようなもので薄く削った、鰹節くらいは入れたのか

それら、具と呼ばれる生物たちが、水で溶かれた小麦粉に混ぜられ、鉄板の上に伸

ばされていく、そこに指で書いたのだ、そんな言葉を誰が教えた、寺子屋の子供た
ちが、指を使って、未来と書いた

匂いがする、文字が焼けていく匂いがする、文字焼きだからもんじゃ焼き、どのく
らいで焼けるのか、ここ月島の名物だ、路地の先にはボウリング場がある、ボウリ
ング場の屋根には、白い大きなボウリングのピン

焼き上がるのを待っている

72
願い

自殺ではありません、殺人でもありません
それは彼女の願いなんです、これ以上、生きること、生き続けること、医学に生か
され続けること、いつまで続くのかわからないその日々が、自分を幸福にはしない
という、彼女自身のジャッジメントです

しかし安楽死は延期された

病状が、一時的に回復したからという、健康すぎては、安楽死の条件は満たされないと、実行はできないということで、それはしばらくの間、延期され、そして再びの病状の悪化を待って、ようやく決行されたという

彼女の願いは叶ったろうか?

人間が、人間らしく生きること、それはとても難しい
人間が、人間のようにではなく生きること、それはもっと難しい

73
地球

私は、それを知ってしまった
やがて地球が消えるのだと、50を過ぎてそれを知った、知ってから、知ったので、その考えは私に寄生した、それが事実かわからない、事実かどうかどうしてわかろう? 誰にわかろう? しかし科学的に証明済みだと学者が言った、そう書かれているのを私は読んだ

地球が丸いという知識と同じだ、その丸を、球体を、自分のこの目で見たわけでは

ない、私は地球の外に出たことがない、私から外に出ない限り、私は私の姿を見ることができない、あるいは鏡、水面に映った自分の姿を見たのはギリシャ神話によればナルシスか、しかし地球の姿を映せるような、デカイ鏡が宇宙にない

月か、月が鏡か
月蝕の、月を欠けさせていく丸い影、あれが地球か、あれが確かに地球の影なら、なるほど地球は丸いのだろう

家にあった地球儀によれば、北極が上で南極が下だ、私の頭に寄生している地球の姿だ、北海道が上で九州が下だ、本当か？ 信じていいのか？ 丸い地球に上とか下とか本当にあるのか？ 下という概念が、引力に引っ張られている方向を指すのであれば、球体の中心、地球の奥底こそが下ではないか

あるいは写真、誰かが撮った写真の中の私のように、地球の写真を見たことはある、何度もある、パソコンのデスクトップを地球の画像にしていたことさえある、初めからパソコンに搭載されてたスクリーン画像の選択肢の1枚、あれが地球だ、わかっている、知っている、そういうことになっている、私達は、人類は、あれこそ自分の暮らしてる星の姿だと認識し、その認識は、もはや人類全体に寄生している、完璧に刷り込まれている

人類を代表する、知恵のある誰かが調べてくれたのだ、確かめてくれたのだ、中には地球の外に出て外から確かめてくれた人もいる、知っている、聞いたことがある、

その人が、こう言ったのだ

地球は青かった
正確には、青みがかっていた、と言ったという

たまさか私が生まれた年だった、1961年4月12日、聞かされた通りなら、私が生まれたのは3月22日なのだという、その21日後に、その発言はなされたわけだ、私の親は、私をたらいのお湯で洗ったりしながら、もしくは畳の上で授乳などしながら、テレビ画面を見てただろうか？

その頃、アメリカとソビエトは、競いあうように地球から外に出ようとしていた、2国間の競争は冷戦ともいわれていた、その記憶は微かにある、ロケットで、ロケットと今書くとバカみたいだ、でも当時はバカみたいじゃなかった、マジだった、マジで人類は地球の外を目指していたのだ、日本は高度成長期と言われていた、人口はちょうど1億人と言われ、一億総中流時代などとも言われていた、あれが右肩あがりというやつか、やつだった

1960年代から70年代にかけてだったと思う、アポロという名前を覚えている、ソユーズという名前を覚えている、犬も行った、サルも行った、宇宙にだ、まず最初にハエが行き、それからサルが、ネズミが、犬が行き、やがてようやく人間が行った、犬は人工衛星に乗せられた、スプートニクという名前を聞いた、ロシア語か、ライカ犬という名前を聞いた、ライカは地球の周りを回り続けた

生きて戻ることはなかった、はじめから死ぬとわかっていた、人工衛星は犬の墓だった、1匹ぶんの小さな墓が、地球の周りをしばらく回り、やがて大気圏に突入して燃えたという、墓の中には何日ぶんの、いつまで生きられる食料を載せたのだろう、墓の中で犬はどうやって糞をしたのだろう？

いずれ死ぬとわかっていて、私も地球に乗っている、ならば地球は私の墓か、墓なのだろう、少なくとも地球が私の墓だ、母なる地球か、墓なる地球だ、しかし墓である地球自体も、いずれ死ぬとわかっているらしい、私はそれを聞いてしまった、知ってしまった、そうか、だから人間は地球の外に出たいのか、だから出たかったのか、あれほどまでに

人間だけが、そんなことを考えた

74
青

最初に出たのはロシア人だった、外から地球を彼が見た、地球が丸いと教えてくれた、青いと教えてくれた、彼がその目で確かめてくれた、そして美しい、という感

想までも伝えてくれた

そうか美しいのか、そう言ったそのロシアの人は、ガガーリンという名前だった、当時はロシアではなくソ連と呼ばれた、ソビエト連邦というのが国の名だった、ユーリイ・アレクセーエヴィチ・ガガーリン、ソビエトらしい名前と思った

月に到着したのはアメリカ人だった、確かアームストロング船長だったか、これは人類にとって大きな一歩だ、ニール・オールデン・アームストロングがそう言った、アメリカらしい名前と思った、1969年、私が生まれて8年が経っていた、アポロ11号、やがて人類は地球の外に出れるのだと、人はマジで思っていた、信じられていた、自惚れていた

自惚れたその右肩が、下がり始めたのはいつだろう？ おそらくあれだ、1986年、私は25歳になっていた、その名もチャレンジャーという、挑戦者というロケットというか、その頃にはロケットではなくスペースシャトルと呼ばれるようになっていた、シャトル、つまり行って帰れる往復便、しかしチャレンジャーは戻らなかった、行くことすらできなかった、それは発射の直後、わずか70秒ほどだった、往復便は目の前で爆発した

世界中がそれを見た
奇妙な形の煙の軌跡を描きながら、チャレンジャーは飛び散り、地上に降り注ぎ、観衆からは悲鳴が上がった、7人の人間が、青空の真ん中で爆発して死んでいった、

その様子を皆でみた、世界中がテレビで見た、繰り返し何度も見た

その映像は人類に寄生した
そして人類は諦めた、地球から外に出ることを
ノアの方舟はどこにもない、あれは旧約聖書の中だけだった、寓話の中だけだった、SF映画の中だけだった、人間は、すべての地球の生物は、地球で生まれて地球で死ぬ

5、4、3、2、1、0、アドミッション、ファイヤー

それが発射の合図だった、射精ではないロケット、シャトルだ、ガガーリンは言った、私は聞いた、聞いたのは私の親だった、私は後から聞かされた、地球は青かった、そして美しかった、どんなものも、遠くから見れば美しいのだろうか、そうかもしれない、私は地球の写真を見る、白い雲のかかった下に、青や茶色の混じった球体だ、美しいと私も感じる、この美しい中に私はいるのか、この美しさの構成員か、ではこの私は美しいのか、私の日々は美しいか、そもそも美しいとはいったい、いかなる状態か

5、4、3、2、1、0、アドミッション、ファイヤー

巨額をかけた、知恵を振り絞って発射した、あの頃たぶん人類はオナニーをしていたのだろう、ティッシュに丸めて捨ててしまった、何も生まれてこなかった、ある

のはただの反復だった、ずっとこのまま地球で暮らして地球で死ね、それがライカ
犬の教えだった

5ヶ月の間、回り続け、それから大気圏に突入し、燃えて消滅したというスプート
ニク、その人工衛星に、スプートニクに窓はあったのだろうか？ 犬が何日生きて
いたのか知らないが、命のあったその時間、窓から外を、地球の姿を見たのだろう
か？ ガガーリンが見る前に

犬の目には、赤い光が見えないという、青と黄色だけが見えるという
それも科学という名の噂話だ

犬の目には、かつていた球体が、犬にしか見えない色で浮かんでいる
しばらくすると、それは高熱で溶けて、消えてしまった

75 昨日よもう一度

イエスタデイ・ワンス・モア
そんな感情を持ったことは一度もない、それでもこの歌を、よい歌だと私は思う、

カレンの声によるところが大きいだろう、特別な声だ、それから歌詞が、なんだかちょっと、いい加減な感じがするのが良いと思う、エブリ、シャララ、エブリ、ウォウウォウ、すべてのシャララ、すべてのウォウウォウ、この後になにか一言いってたはずだが、なんと歌っていたのだろうか、覚えているのはシャララとウォウウォウ、それからその後の、シンガリンガリンという謎の言葉だ、シンガリンガリン、こんな言い回しが英語にあるのだろうか、シング、ア、リング、ア、リング？　どう翻訳するのだろう？

兄妹バンド、カーペンターズのカレン・アン・カーペンターは、1983年、急性心不全により32歳でこの世を去った、度重なる拒食症の果てに、とも言われている、それもまた人間だけの病だろう

この世を去ったと、言ったとたんに、この世以外に、別の場所があるかのようだ、つまりあの世か、それはあの世か、あの世があると信じているから、誰もがそんな言い方をするのだろうか？

おおかた、そんな場所は無いのだろう、あの世など何処にも無いのだろうと思いながら、死ねばただ消えるという酷薄に、今は耐えられないという気持ちを慮って、人はそんな言い方をするのだろうか？

カレンの兄、リチャード・リン・カーペンターは、妹の死後、かつて彼女が自費を投入して録音し、しかしお蔵入りになったという彼女のソロ・アルバムを、彼女に

代わって世に出した、アルバムのタイトルは、カレン・カーペンター、それが彼女の名前だった

その人の死後、繰り返し何度でも再生される、その人の声
それは人間だけが作り出した、作ることのできた、この世にありうる、あの世だろうか?

私はそれを聞いてはいない

76
手紙

その日、安楽死させることになったその親族に、彼は一行の言葉を送ったというメールで、朝には読めるように

自分でも驚くほどに、それはとても、とても月並みな言葉だったんですよ、彼はそう教えてくれた、それがなんという言葉だったのか問うてはいないし、この先も問うことはないだろう

私は言葉を、かけられるだろうか？
おそらく何かしらを口にするのだろう、口にするしかないだろう、なぜなら私は人だから、それが人の習性だから、何一つ言葉にせず、黙ったままそれをすることは、どうしてもできないだろう、人という生き物なのだから、ならば、どのような言葉がかけられるだろうか、その日、執行のわずか数時間前の、朝に、私なら

人間のおおよそは、意図して同種を殺せない、どうしても殺せない、ゆえに殺さない、それでも、その稀なことを、今からするのだと、それをこれから為すのだとその時に、私の内から絞りだされてくる、言葉というもの
そんなものが、そんな言葉があるのだろうか？

77
記述

地球は、記述されたがっていた

ギ、ギギギ、ガガガ、ゴゴゴ、ギギ、ガガガ、ギ、ガガガ
ゴゴゴ、ガガガ、ギ、ガガガ、ギギギ、ゴゴゴ
ガガガ、ギギギ、ゴゴゴ、ギギギ、ガガ、ギギギ、ゴゴゴ、ガガガ、ゴゴゴ、ギギ
ギ、ガガガ、ギギギギ、ギギギ、ガガガ、ゴゴゴ、ギギ、ガガガ、ギ、ガガガ、ゴ
ゴゴ、ガガガ、ギ、ガガガ、ギギギ、ゴゴゴ、ガガ、ギギギ、ゴゴゴ、ギギ、ガガ、
ギギギ、ガガガ、ゴゴゴ、ギギギ、ガガ、ギギギ、ギギギギ、ギギギ、ガガガ、ゴ
ゴゴ、ギギ、ガガガ、ギ、ガガガ、ゴゴゴ、ガガガ、ギ、ガガガ、ギギギ、ゴゴ、
ガガギギ

翻訳しなければ
彼の言葉を、彼の出した小さな声を、音を、私はそれを聞いたのだ、あの月夜の晩
に、私が聞いた、私の鼓膜に音が届いた、彼の発した音だった、部屋は静かだった、
彼がいて私がいた、私が出会った、だから私が、私が翻訳しなければ

どんな時に、自分が生きていると感じますか？

トイレですかねえ、トイレでオシッコとかする時でしょうか、体の中から水が出る
じゃないですか、ついさっきまで体の中にいた、私の一部だった、それが外に出て
いくじゃないですか、もう私じゃないですよね、もともと水ですから、関係なかっ
たんです、私とそもそも、でも私がゴクゴク飲んで体に入れて、それでさっきまで
私の体の中で、私と関係してたんですよ、なんか

ああ、関係してたんだなあ、って思うんです、オシッコとか見ると

そういう時ですかね

今日も生きてるんだなあ、とは思いますね、なんか

81
無数

ガリレオ・ガリレイが地動説を唱えた、知っている、地球はくるくると自転しながら、太陽を中心に公転してるのだそうだ、知っている、私が発見したわけではない、そう聞いたのだ、科学という名の噂話で

寝転んでいる私の頭上では、月と星が空を回っている、太陽は日々、東から昇り昼には頭の真上にあり私をジリジリ照らし、夕刻には西の空を、赤やオレンジやピンクや紫に染める、私はこうして平らな地面で、天動説のもとに日々を過ごしている

他の生き物たちはどうだろう？
大陸を渡る渡り鳥には、地球が丸く見えてるのだろうか？
私の目には、どこまでいっても地面は平らだ

まだ娘も生まれていない頃、私はとある山の中で、完全な闇の中に寝転がって、そこから上を、空を見た、あまりの星の数の多さに驚いた、それは無数という数だっ

た、私はとうとう宇宙から地球を見ることはできなかった、できないままで死ぬの
だが、地球から宇宙を見ることだけはできたと思った、地上の光に遮られることな
しの、その空の光景を言葉にしようとしたら、美しい、という月並みな言葉しか出
てこなかった、その美しいには、恐ろしいも混じっていた、それでも美しいとはど
ういうことかと問われれば、この時に見た、光景のようなものと答えるだろう

かつて人は地面の上で暮らしながら
1日の半分もの時間、こんな空を見ていたのか、その時そう思った
だったらもう、宗教なんていらないのではないか、その時そう思った
これがあればいいではないか、その時そう思った

それから私は、無数という数の星空の下で暮らしている、自分のことを想像した
想像することが、できなかった

私は日本に生まれました
私は無神論者でした

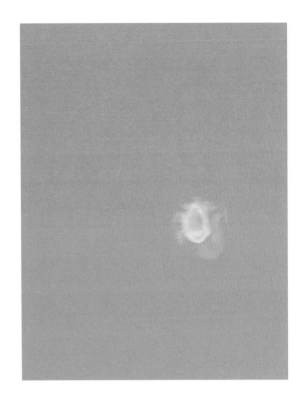

私はもちろん人間なので、自然に抗って生きている、生きてきた
人として、それを当たり前として生きてきた、私の意識が、どう生きよう、こう生きよう、としてきたそのほとんどは、人として、人でなければできないものを、できないことを、自然に抗い、為そうということだった、こうして書かれているこれも然り、まったく人工的な行為である、そして私はもちろん、これら人為的な活動のすべてを支持して生きている、生きていた

それももう、終わる、もうじき死ぬ
人の私がもうじき死ぬ
いつかは定かではないが、そろそろだ
私はじゅうぶん、少なくなった

人が死ぬということは、人が生きるに比べれば、ずいぶんと自然なことだろう、死んではいないがそう思う、私の体は、反自然と自然の半分ずつで構成されている、いたのだが、生きるのほとんどは、反自然の側にあったろう、それでもこうして死に近づくことで、私はようやく、深く、自然に触れていくように感じられる

無力になる

それは当たり前のことだろう、死を認めてしまうこと、受け入れてしまうこと、それこそ最大の無力だろう、しかしそんなことは、すべての動物や植物は、生きながらにしてやっている、ただただ黙って、いや悲鳴をあげて逃げ惑いながら、死んでいく、殺されていく、生き物たち

もしも私がゴキブリを殺せなかったら、どうしてもどうしても殺せなかったら、それは人としての失敗だろう、なにかの欠落なのだろう、私がいきなりゴキブリを手掴みにしてムシャムシャと食べてもおかしいだろう、だって私は人だから、人なのだ、人として、人の暮らしを、この部屋を、清潔に、清潔ってなんだ、保たねばならない人の暮らしを、維持しなくては、それが人の営みなのだ、ゴキブリは人に殺される、では私はいったい、いつ、誰に殺されるのか？　何に殺されることが、私の自然か？

辺りを見る
ずいぶんと静かになった
彼の声も聞こえない

ここは人工衛星の中だろうか？　ここが地球の外だろうか？
行ったことがないので私は知らない
回っているのは自転のせいか、ビニールのプールのせいか、トラが回り続ける椰子の根本か、床を磨き続けるポリッシャーか、私は橋を渡ったのか？

橋の上から水を見た
何かがいるような影もない、ぼんやりとして、色も見えない
あの水は、さっきまで私の体の中にいた

私という不自由が、終わるのだと、私が思った、力が遠ざかっていく、私は制御を
失っていく、口から、はあーっと大きく息が吐かれる、それきり肺は動くのをやめ
る、突然、目が見開かれる、しかし何も見えてはいない

その時、訪れたのだ
あるかないかの、その一瞬、私は、自然と呼んでも差し支えのない、生き物だった
私は初めて、神様に会った、あの世に触れた、あの世は、この世にそっくりだった

ガギグゲゴ
濁音を多用して私は鳴いた

私の体は死んでいたので、それはもう私ではなかった
誰に食われることもなかった、ただの固まり、たんぱく質の固まりだった
焼くか埋めるか、だけだろう

殺すことにした
キッチンで
スリッパを摑んだ
浩子はそう決めた

私にこれを書かせてくれた、すべての生き物に感謝します

初出 「新潮」2021年8月号

単行本化に際して、加筆修正しています

たんぱく質

著者　飴屋法水

発行　2024年3月22日

編集・発行者　加藤木礼
発行所　palmbooks
info@palmbooks.jp
https://www.palmbooks.jp

装幀　仁木順平

印刷・製本　株式会社シナノ